सुकुल की बीवी

[चार कहानियाँ]

सुकुल की बीवी

सूर्यकान्त त्रिपाठी 'निराला'

राजकमल प्रकाशन

पहला संस्करण 1941 से प्रकाशित

ISBN : 978-81-267-0555-9

मूल्य : ₹395

पहला राजकमल संस्करण : 1993
तीसरा संस्करण : 2012
This book is printed on **Print on Demand** Technology : 2025

प्रकाशक : राजकमल प्रकाशन प्रा. लि.
1-बी, नेताजी सुभाष मार्ग, दरियागंज
नई दिल्ली-110 002
शाखाएँ : अशोक राजपथ, साइंस कॉलेज के सामने, पटना-800 006
पहली मंजिल, दरबारी बिल्डिंग, महात्मा गांधी मार्ग, प्रयागराज-211 001
1, अनमोल सोराबजी संतुक लेन, धोबी तालाव, मरीन लाइंस, मुम्बई-400 002
वेबसाइट : www.rajkamalprakashan.com
ई-मेल : info@rajkamalprakashan.com

SUKUL KI BIWI
A Collection of four stories by Suryakant Tripathi 'Nirala'

निवेदन

'सुकुल की बीवी' मेरी कहानियों का तीसरा संग्रह है। इसमें तीन कहानियाँ इधर की और अन्तिम 'क्या देखा' मेरी पहली कहानी है। जैसाकि इसकी पादटीका में सूचित है। यह अन्तिम कहानी 'मतवाला' में 1923 ई. में निकली थी। कुछ परिवर्तन मैंने कर दिया है, पर हृदयगत भाव वही हैं। लोगों को एक निर्णय और निश्चय की सुविधा होगी। यह कहानी पहले उत्तम पुरुष से चली है, बाद को तृतीय पुरुष में बदल गई है; यह जितना दोष है, उतना ही गुण। मेरा विचार है, कहानियों से पाठक-पाठिकाओं का मनोरंजन होगा। कथा, साहित्य और कला की प्यास बुझेगी। इति।

लखनऊ
10.2.41

—**निराला**

क्रम

सुकुल की बीवी

बहुत दिनों की बात है। तब मैं लगातार साहित्य-समुद्र-मन्थन कर रहा था, पर निकल रहा था केवल गरल। पान करनेवाले अकेले महादेव बाबू ('मतवाला'-सम्पादक) शीघ्र रत्न और रम्भा के निकलने की आशा से अविराम मुझे मथते जाने की सलाह दे रहे थे। यद्यपि विष की ज्वाला महादेव बाबू की अपेक्षा मुझे ही अधिक जला रही थी, फिर भी मुझे एक आश्वासन था कि महादेव बाबू को मेरी शक्ति पर मुझसे भी अधिक विश्वास है। इसी पर वेदान्त-विषयक नीरस एक साम्प्रदायिक पत्र का सम्पादन-भार छोड़कर मनसा-वाचा-कर्मणा सरस कविता-कुमारी की उपासना में लगा। इस चिरन्तन चिन्तन का कुछ ही महीने में फल प्रत्यक्ष हुआ। साहित्य-सम्राट् गोस्वामी तुलसीदासजी की मदन-दहन-समयवाली दर्शन-सत्य उक्ति हेच मालूम दी, क्योंकि गोस्वामीजी ने, उस समय, दो ही दंड के लिए कहा है—'अबला बिलोकहिं पुरुषमय अरु पुरुष सब अबलामयम्।' पर मैं घोर सुषुप्ति के समय को छोड़कर, बाकी स्वप्न और जाग्रत् के समस्त दंड, ब्रह्मांड को अबलामय देखता था।

इसी समय दरबान से मेरा नाम लेकर किसी ने पूछा, "हैं?"

मैंने जैसे वीणा-झंकार सुनी। सारी देह पुलकित हो गई, जैसे प्रसन्न

होकर पीयूषवर्णी कंठ से साक्षात् कविता-कुमारी ने पुकारा हो, बड़े अपनाव से मेरा नाम लेकर। एक साथ कालिदास, शेक्सपियर, बंकिमचन्द्र और रवीन्द्रनाथ की नायिकाएँ दृष्टि के सामने उतर आईं। आप ही एक निश्चय बँध गया—यह वही हैं, जिन्हें कल कार्नवालिस स्क्वायर पर देखा था—टहल रही थीं। मुझे देखकर पलकें झुका ली थीं। कैसी आँखें वे!—उनमें कितनी बातें!—मेरे दिल के साफ आईने में उनकी सच्ची तसवीर उतर आई थी, और मैं भी वायु-वेग से उनकी बगल से निकलता हुआ, उन्हें समझा आया था कि एक अत्यन्त सुशील, सभ्य, शिक्षित और सच्चरित्र युवक हूँ। बाहर आकर, गेट पर, एक मोटर खड़ी देखी थी। जरूर वह उन्हीं की मोटर थी। उन्होंने ड्राइवर से मेरा पीछा करने के लिए कहा होगा। उससे पता मालूम कर, नाम जानकर, मिलने आई हैं। अवश्य यह बेथून-कॉलेज की छात्रा हैं। उसी के सामने मिली थीं। कविता से प्रेम होगा। मेरे छन्द की स्वच्छन्दता कुछ आई होगी इनकी समझ में, तभी बाकी समझने के लिए आई हैं।

उठकर जाना अपमानजनक जान पड़ा। वहीं से दरबान को ले आने की आज्ञा दी।

अपना नंगा बदन याद आया। ढकता, कोई कपड़ा न था। कल्पना में सजने के तरह-तरह के सूट याद आए, पर वास्तव में, दो मैले कुर्ते थे। बड़ा गुस्सा लगा, प्रकाशकों पर। कहा, नीच हैं, लेखकों की कद्र नहीं करते। उठकर मुंशीजी के कमरे में गया, उनकी रेशमी चादर उठा लाया। कायदे से गले में डालकर देखा, फबती है या नहीं। जीने से आहट नहीं मिल रही थी, देर तक कान लगाए बैठा रहा। बालों की याद आई—उकस न गए हों! जल्द-जल्द आईना उठाया। एक बार मुँह देखा, कई बार आँखें सामने रेल-रेलकर। फिर शीशा बिस्तरे के नीचे दबा दिया। शॉ की 'गेटिंग मैरेड' सामने करके रख दी। डिक्शनरी की सहायता से पढ़ रहा था। डिक्शनरी

किताबों के अन्दर छिपा दी। फिर तनकर गम्भीर मुद्रा से बैठा।

आगन्तुका को दूसरी मंजिल पर आना था। जीना गेट से दूर था।

फिर भी देर हो रही थी। उठकर कुछ कदम बढ़ाकर देखा, बचपन के मित्र मिस्टर सुकुल आ रहे थे।

बड़ा बुरा लगा, यद्यपि कई साल बाद की मुलाकात थी। कृत्रिम हँसी से होंठ रँगकर उनका हाथ पकड़ा और लाकर उन्हें बिस्तरे पर बैठाया।

बैठने के साथ ही सुकुल ने कहा, "श्रीमतीजी आई हुई हैं।"

मेरी रूखी जमीन पर आषाढ़ का पहला दौंगरा गिरा। प्रसन्न होकर कहा, "अकेली हैं, रास्ता नहीं जाना हुआ, तुम भी छोड़कर चले आए, बैठो तब तक, मैं लिवा लाऊँ—तुम लोग देवियों की इज्जत करना नहीं जानते।"

सुकुल मुस्कराए। कहा, "रास्ता न मालूम होने पर निकाल लेंगी—ग्रैज्युएट हैं, ऑफिस में 'मतवाला' की प्रतियाँ खरीद रही हैं, तुम्हारी कुछ रचनाएँ पढ़कर—खुश होकर।"

मैं चल न सका। गर्व को दबाकर बैठ गया। मन में सोचा, कवि की कल्पना झूठ नहीं होती। कहा भी है, 'जहाँ न जाए रवि, वहाँ जाए कवि।'

कुछ देर चुपचाप गम्भीर बैठा रहा। फिर पूछा, "हिन्दी काफी अच्छी होगी इनकी?"

"हाँ," सुकुल ने विश्वास के स्वर से कहा, "ग्रैज्युएट हैं।"

बड़ी श्रद्धा हुई। ऐसी ग्रैज्युएट देवियों से देश का उद्धार हो सकता है, सोचा। निश्चय किया, अच्छी चीज का पुरस्कार समय देता है। ऐसी देवीजी के दर्शनों की उतावली बढ़ चली, पर सभ्यता के विचार से बैठा रहा—ध्यान में उनकी अदृष्ट मूर्ति को भिन्न-भिन्न प्रकार से देखता हुआ।

एक बार होश में आया, सुकुल को धन्यवाद दिया।

सुकुल का परिचय आवश्यक है। सुकुल मेरे स्कूल के दोस्त हैं, साथ पढ़े।

उन लड़कों में थे जिनका यह सिद्धान्त होता है कि सिर कट जाए, चोटी न कटे। मेरी समझ में सिर और चोटी की तुलना नहीं आई; मैं सोचता था, पूँछ कट जाने पर जन्तु जीता है, पर जन्तु कट जाने पर पूँछ नहीं जीती; पूँछ में फिर भी खाल है, खून है, हाड़ और मांस है, पर चोटी सिर्फ बालों की है, बालों के साथ कोई देहात्मबोध नहीं। सुकुल-जैसे चोटी के एकान्त उपासकों से चोटी की आध्यात्मिक व्याख्या कई बार सुनी थी, पर सग्रंथि बालों के बल्ब में आध्यात्मिक इलेक्ट्रिसिटी का प्रकाश न मुझे कभी देख पड़ा, न मेरी समझ में आया। फलतः सुकुल की और मेरी अलग-अलग टोलियाँ हुईं। उनकी टोली में वे हिन्दू लड़के थे, जो अपने को धर्म की रक्षा के लिए आया हुआ समझते थे; मेरी में वे लड़के, जो मित्र को धर्म से बड़ा मानते हैं, अतः हिन्दू, मुसलमान, क्रिस्तान सभी। हम लोगों के मैदान भी अलग-अलग थे। सुकुल का खेल अलग होता था, मेरा अलग। कभी-कभी मैं मित्रों के साथ सलाह करके सुकुल की हॉकी देखने जाता था, और सहर्ष, सविस्मय, सप्रशंस, सक्लैप और सनयन-विस्तार देखता था। सुकुल की पार्टी-की-पार्टी की चोटियाँ, स्टिक बनी हुई, प्रतिपद-गति की ताल-ताल पर, सिर-सिर से हॉकी खेलती हैं, वली मोहम्मद कहता था—जब ये लोग हॉकी में नाचते हैं, वे चोटियाँ सिर पर ठेका लगाती हैं। फिलिप कहता था, See, the Hunter of the East has caught the Hindoos' forehead in a noose of hair. (देखो, पूरब के शिकारी ने हिन्दुओं के सिर को बालों के फन्दे में फँसा लिया है।) इस तरह शिखा-विस्तार के साथ-साथ सुकुल का शिक्षा-विस्तार होता रहा। किसी से लड़ाई होने पर सुकुल चोटी की ग्रंथि खोलकर, बालों को पकड़कर ऊपर उठाते हुए कहते थे, मैं चाणक्य के वंश का हूँ।

धीरे-धीरे प्रवेशिका-परीक्षा के दिन आए। सुकुल की आँखें रक्त मुकुल हो रही थीं। एक लड़के ने कहा, सुकुल बहुत पढ़ता है; रात को

खूँटी से बँधी हुई एक रस्सी से चोटी बाँध देता है, ऊँघने लगता है, तो झटका लगता है, जगकर फिर पढ़ने लगता है। चोटी की एक उपयोगिता मेरी समझ में आई।

मैं कवि हो चला था फलतः, पढ़ने की आवश्यकता न थी। प्रकृति की शोभा देखता था। कभी-कभी लड़कों को समझाता भी था कि इतनी बड़ी किताब सामने पड़ी है, लड़के पास होने के लिए सिर के बल हो रहे हैं, वे उद्भिद्कोटि के हैं। लड़के अवाक् दृष्टि से मुझे देखते रहते थे—मेरी बात का लोहा मानते हुए।

पर मेरा भाव बहुत दिनों तक नहीं रहा। जब आठ-दस रोज इम्तहान के रह गए, एक दिन जैसे नाड़ी छूटने लगी। खयाल आते ही कि फेल हो जाऊँगा, प्रकृति में कहीं कविता न रह गई; संसार के प्रिय मुख विकृत हो गए; पिताजी की पवित्र मूर्ति प्रेत की जैसी भयकर दिखी; माताजी की स्नेह की वर्षा में अविराम बिजली की कड़क सुनाई देने लगी; वंश-मर्यादा की रक्षा के लिए विवाह बचपन में हो गया था—नवीन प्रिया की अभिन्नता की जगह वंकिम दृगों का वैमनस्य-हलाहल क्षिप्त होने लगा; पुरजनों के प्रगाढ़ परिचय के बदले प्राणों को पार कर जानेवाली अवज्ञा मिलने लगी। इस समय एक दिन देखा, सुकुल के शीर्ण मुख पर अध्यवसाय की प्रसन्नता झलक रही है।

किताब उठाने पर और भय होता था, रख देने पर दूने दबाव से फेल हो जानेवाली चिन्ता। फलतः कल्पना में पृथ्वी-अन्तरिक्ष पार करने लगा। कल्पना की वैसी उड़ान आज तक नहीं उड़ा। वह मसाला ही नहीं मिला। अन्त में निश्चय किया, प्रवेशिका के द्वार तक जाऊँगा, धक्का न मारूँगा, सभ्य लड़के की तरह लौट आऊँगा, अस्तु, सबके साथ गया। और-और लड़कों ने पूरी शक्ति लगाई थी, इसलिए, परीक्षा-फल के निकलने से पहले, तरह-तरह से हिसाब लगाकर अपने-अपने नम्बर निकालते थे, मैं

निश्चिन्त, इसलिए निश्चिन्त था। मैं जानता था कि गणित की नीरस कॉपी को पद्माकर के चुहचुहाते कवित्तों से मैंने सरस कर दिया है; फलतः, परीक्षा समुद्र-तट से लौटते वक्त, दूसरे तो रिक्त-हस्त लौटे, मैं दो मुट्ठी बालू लेता आया; घर में पिता, माता, पत्नी, परिजन, पुरजन सबके लिए आवश्यकतानुसार उसका उपयोग किया।

मेरे अविचल कंठ से यह सुनकर कि सूबे में पहला स्थान मेरा होगा, अगर ईमानदारी से पर्चे देखे गए, लोग विचलित हो उठे। पिताजी तो गर्व से गर्दन उठाए रहने लगे। पर ज्यों-ज्यों फल के दिन निकट होते आए, मेरी आत्मा की वल्लरी सूखती गई। वह जगह मैंने नहीं रखी थी कि पिताजी एक साल के लिए माफ कर देते। घर छोड़े बगैर निस्तार न देख पड़ा। एक दिन माताजी से मैंने कहा, "जगतपुर के जमींदारों ने बारात में चलने के लिए बुलाया है, और ऐसा कहा है, जैसे मेरे गए बगैर बारात की शोभा न बन पड़ती हो।"

जमींदारों के आमंत्रण से माताजी छलक उठीं, पिताजी को पुकारकर कहा, "सुनते हो, तुम्हारे सपूत जमींदारों के यहाँ उठने-बैठने लगे हैं, बारात में चलने का न्योता है।"

पिताजी प्रसन्नता को दबाकर बोले, "तो चला जाए; जो कहे, कड़े बनवा दो और खर्चा दे दो।"

एकान्त में पत्नीजी मिलीं, बड़ी तत्परता से बोलीं, "वहाँ नाच देखकर भूल न जाइएगा।"

"राम भजो," मैंने कहा, "क्व सूर्यप्रभवो वंशः क्व चाल्प विषया मतिः।"

"मैं इसका मतलब भी समझूँ?" वह एक कदम आगे बढ़कर बोलीं, मन में निश्चय कर कि तुलना में मैंने उन्हें श्रेष्ठ बतलाया है।

समझकर मैंने कहा, "कहाँ तुम्हारी बाँस-सी कोमल दुबली देह से

सूरज का प्रकाश, कहाँ वह जहर की भरी मोती रंडी!"

"चलो," कहकर वह गर्व-गुरु-गमन से काम को चल दीं।

समय पर कपड़े बने, और खर्चा भी मिला। पश्चात्, यथासमय, जगतपुर के जमींदारों की बारात के लिए रवाना होकर कुछ दूर से राह काटकर ऐन गाड़ी के वक्त मैं स्टेशन पहुँचा। वहाँ से ससुराल का टिकट लिया। रास्ते-भर में खासी मुहर्रमी सूरत बना ली। ससुरालवाले देखते ही दंग हो गए। ससुरजी, सासजी, और-और लोग घेरकर कुशल पूछने लगे। मैंने उखड़ी आवाज में कहा, "गाँव में एक खेत के मामले में फौजदारी हो गई है, दुश्मनों के कई घायल हुए हैं, इसलिए पिताजी की गिरफ्तारी हो गई है। गिरफ्तार होते वक्त उन्होंने कहा है, अपने ससुरजी से विवाह के करारवाले बाकी तीन सौ रुपये लेकर, दूसरे दिन जिले में आकर जमानत से छुड़ा लेना।"

ससुरजी सन्न हो गए। सासुजी रोने लगीं, और-और लोगों को काठ मार गया। ससुरजी के पास रुपये नहीं थे, पर सासुजी घबराईं कि ऐसे मौके पर मदद न की जाएगी, तो त्रिपाठीजी कैद से छूटकर अपने लड़के की दूसरी शादी कर लेंगे। इस विचार से नथ, करधनी, पायजेब, आदि कुछ गहने रेहन कर डेढ़ सौ रु. मुझे देती हुई बोलीं, "बच्चा, इससे ज्यादा नहीं हो सका; हम तो तुम्हारे सदा के ऋणी हैं; फिर धीरे-धीरे पूरा कर देंगे, त्रिपाठीजी से हाथ जोड़कर हमारी प्रार्थना है।"

मैंने उन्हें सान्त्वना दी कि बाकी रुपये लेने मैं उनके घर कभी न आऊँगा। एक विपत्ति की बात थी, वह इतने से टल जाएगी। सासुजी मारे आनन्द के रोने लगीं। मैंने बड़ी भक्ति से उनके चरण छुए, और यथासमय स्टेशन आकर कलकत्ते का टिकट कटाया।

यहाँ से मेरे नये जीवन की नींव पड़ी। अखबारों में देखा, सुकुल प्रथम श्रेणी में पास हुआ है। चार साल बाद वह बी.ए. हुआ, एम.ए. हुआ,

मैं मालूम करता रहा, अच्छी जगह पाई, अब परीक्षा समाप्त कर परीक्षक है; मैं ज्यों-का-त्यों; एक बार धोखा खाकर बराबर धोखा खाता रहा; एक परीक्षा की तैयारी न करके कभी पास न हो सका—कितनी परीक्षाएँ दीं।

तब से यह आज सुकुल से मेरी मुलाकात है। एक बार सारा इतिहास मेरे मस्तिष्क में चक्कर लगा गया। अब वह पिताजी नहीं, माताजी नहीं, पत्नी नहीं, केवल मैं हूँ और परीक्षा-भूमि, सामने प्रश्नों की अगणित तरंगमाला!

मैं विचार में था। जब आँख खुली, साकार सुघरता मेरे सामने थी, अविचल दृष्टि से मुझे देखती हुई। अंजलि बाँधकर नमस्कार किया, ललित अँगरेजी से संवर्द्धित करते हुए, "Good morning, poet of Vers Libre!"

मैं उठा। नमस्कार कर सुकुल के नजदीकवाली गुर्सी पर बैठने के लिए बड़े अदब से हाथ बढ़ाकर बताया।

वह खड़ी थीं। लहराती हुई मन्द गति से चलीं। बैठकर मुझे देखकर मुस्कराती हुई बोलीं, "आप खूब लिखते हैं।"

प्यासा मृग-मरीचिका के सरोवर का व्यंग्य नहीं समझता। मुझे यह पहली तारीफ मिली थी। इच्छा हुई, जाऊँ, महादेव बाबू को भी बुला लाऊँ, कहूँ कि अब अमृत निकलने लगा है, चुल्लू बाँधकर चलिए। लेकिन अभी उतने अमृत से मुझे ही अघाव न हुआ था। बैठा हुआ एकान्त भक्त की दृष्टि से देखता रहा।

रक्त अधरों के करारों से अमृत का निर्झर बहा, वह बोलीं, "सुकुल आपकी कविता नहीं समझते, मैं समझाती हूँ।"

सुकुल न रह सके। कहा, "ऐसा समझना वास्तव में कहीं नहीं देखा; असर भी क्या; चाहे कुछ न समझिए, पर सुनने से जी नहीं ऊबता। एम.ए. क्लास तक किसी प्रोफेसर के लेक्चर में यह असर न था।"

"हाँ-हाँ, जनाब," देवीजी मेरुमूल सीधा करके बोलीं, "यह एम.ए. क्लास से आगे की पढ़ाई है। जब पास करके आए थे, हाथ-भर की चोटी थी, समझ में एक वैसी ही मेख।"

सुकुल की चोटी मेरी निगाह में सुकुल से अधिक परिचित थी। पर उनके आने पर मैंने उन्हें ही देखा था। चोटी सही-सलामत है या नहीं, मालूम करने के लिए निगाह उठाई कि देवीजी बोलीं, "अब तो चाँद है। सुकुल को सुकुल बनाते, सच कहती हूँ, मुझे बड़ी मेहनत उठानी पड़ी है।"

उन्हें धन्यवाद दूँ, हिम्मत बाँध रहा था कि बोलीं, "मैं स्वयं सुकुल की सहधर्मिणी नहीं।"

मेरा रंग उड़ गया।

मुझे देखकर, मेरे ज्ञान पर हँसकर जैसे बोलीं, "सुकुल स्वयं मेरे सहधर्मी हैं।"

मैं साहित्यिका को तअज्जुब की निगाह देखने लगा।

इतने पर उनकी कृपा की दृष्टि मुझ पर पड़ी। बोलीं, "मैं आपको भी सहधर्मी बनाना चाहती हूँ।"

मैं चौंका। सोचा, 'क्या यह द्रौपदीवाला धर्म है?'

देवीजी ने कलाईवाली घड़ी देखी और उठकर खड़ी हो गईं। भौंहें चढ़ाकर बोलीं, "बहुत देर हो गई, चलिए, आपको लेने आई थी, टैक्सी खड़ी है।" फिर बढ़कर, मेरे कन्धे पर हाथ रखकर बड़े ही मधुर स्वर से पूछा, "आप मुर्गी तो खाते हैं?"

मैंने सुकुल को देखा। सुकुल सिर्फ मुस्कराए। समझकर मैंने कहा, "मेरा तो बहुत पहले से सिद्धान्त है।"

वह चलीं। मैं भी उसी तरह चद्दर ओढ़े सुकुल के पीछे चला।

रास्ते-भर तरह-तरह के विचार लड़ते रहे। समाज में इतनी आजादी नहीं।

स्त्री के लिए तो बिलकुल नहीं। मुर्गी किसी तरह नहीं चल सकती। मैं खाता हूँ, छिपाकर। क्या यह स्त्री...पर सुकुलजी तो सुकुल हैं।

सुकुल का घर आ गया। एक छोटा-सा दुमंजिला मकान। इधर-उधर बंगालियों की बस्ती। जगह-जगह कूड़े के ढेर, ऊपर मछलियों के सेल्हर, बदबू आती हुई।

हम लोग उतरे। भीतर पैठते दाहिने हाथ का एक छोटा-सा बैठका। एक डेढ़ साल के बच्चे को दासी खेलाती हुई। श्रीमतीजी को देखकर बच्चा माँ-माँ करता हुआ उतावला हो गया; दोनों हाथ फैलाकर माँ के पास आने के लिए कूदकर दासी की गोद में लटक रहा। लेकर देवीजी प्यार करने लगीं। सुकुल ने दासी को मकान खोलने के लिए कुंजी दी।

एक सहृदय बात कहनी चाहिए, सोचकर मैंने कहा, "भूखा है, शायद दूध पीना चाहता है।"

देवीजी ने षोड्शी के कटाक्ष से देखा। कहा, "दासी पिला देगी।"

मैंने पूछा, "क्या यह आपका बच्चा नहीं है?"

हँसकर बोलीं, "मेरा? है क्यों नहीं? पर दूध मेरे नहीं होता।"

मैंने निश्चय किया, शिक्षित महिला हैं, यौवन है, अभी मातृभाव नहीं आया, इसीलिए दूध नहीं होता। मन में विधाता को धन्यवाद देता रहा।

"चलिए," वह बोलीं, "ऊपर चलें, एकान्त में बातें होंगी। सुकुल बाजार जाएँगे मुर्गी लेने।"

बच्चे को फिर दासी के हवाले कर दिया। मैं उनके पीछे चला, यह सोचता हुआ कि एकान्त में सहधर्मी बनाने का प्रस्ताव न हो। चित्त को काबू में न कर सका, वह पुलकित होता रहा। यह कुछ सजा हुआ शयन-कक्ष था। "बैठिए," कहकर वह स्टोव जलाने लगीं। मैं आईने में उनकी पम्प करती तसवीर देखता रहा।

पान, चाय और सिगरेट मेज पर लगाकर बैठीं। प्लेट पकड़कर मेरा प्याला बढ़ाती हुई मधुर कंठ से बोलीं, "शौक कीजिए।"

विनम्र भाव से मैंने दूसरी ओरवाली बात पकड़ी, और आँखों में ही उन्हें धन्यवाद दिया।

निगाह नीची कर मुस्कराती हुई उन्होंने अपना प्याला होंठों से लगाया। आधी चाय चुक जाने पर पूछा, "आप मेरे सहधर्मी हैं तो?"

पेट में, उतनी ही चाय से समन्दर लहराने लगा। ऊपर तूफान। श्याम तट पर भावों के कितने सजे सुदृढ़ मकान उड़ गए। ऐसी खुशी हुई। कहा, "आप लेकिन सुकुल की..."

"बीवी हैं?...हाँ, हूँ।"

"फिर मैं..."

"कैसे बीवी बना सकता हूँ?"

ऐसा धर्मसंकट जीवन में कभी नहीं पड़ा। मेरा सारा समन्दर सूख गया, तूफान न जाने कहाँ उड़ गया, सिर्फ रेगिस्तान रह गया, जो इस ताप से और तपने लगा।

मुझे चुपचाप बैठा अनमेल दृष्टि से देखता हुआ देखकर वह बोलीं, "आप बुरा न मानें, मैंने देखा है, मर्दों में एक पैदायशी नासमझी है; वह खास तौर से खलती है, जब औरतों से वे बातचीत करते हैं।"

मान लेने में ही बचत मालूम दी। मैंने कहा, "जी हाँ, औरतों के सामने उनकी समझ काम नहीं करती।"

"हाँ," वह बोलीं, "सुकुल को आदमी बनाती-बनाती मैं हार गई। 'बीवी' को ही लीजिए। बीवी तो मैं सुकुल की भी हो सकती हूँ; हूँ ही, आपकी भी हो सकती हूँ।"

मैं सूख तो गया, पर प्रसन्नता फिर आई। मैंने बिना कुछ सोचे एक उद्रेक में कह दिया, "हाँ।"

"आप नहीं समझे," वह बोलीं, "आप साहित्यिक हैं तो क्या, फिर भी सुकुल के दोस्त हैं। बीवी की बहुत व्यापकता है।"

"जरूर," मैंने कहा।

उन्होंने कान न दिया। कहती गईं, "छोटी बहन, भतीजी, लड़की, भयहू (छोटे भाई की स्त्री)—सबके लिए बीवी शब्द आता है। आपकी 'हाँ' किस अर्थ के लिए है?"

मैंने डूबकर, कुछ कुल्ले पानी पीकर, जैसे थाह पाई। प्रसन्न होने की चेष्टा करते हुए, "बहन के अर्थ में।"

उन्होंने कहा, "देखिए—मर्द की बात एक होती है।"

इज्जत बचाने के लिए और जोर देकर मैंने कहा, "हाँ, मुकर जाऊँ तो मर्द नहीं।"

लजाकर उन्होंने एक बार अपनी आँख बचाईं। सँभलकर बोलीं, "हम बड़ी विपत्ति में हैं। साल-भर से छिपे फिरते हैं। मैं बचने के लिए सुकुल से उनके मित्रों का परिचय पूछती रही। सिर्फ आपका परिचय मुझे त्राण देनेवाला मालूम दिया। पर पता मालूम न था। साल-भर से लगा रहे हैं।"

मैंने चितवन देखी। आँखें सजल हो आईं। कहा, "मैं तैयार हूँ।"

वह उठ खड़ी हुईं, सामने आ, हाथ पकड़कर कहा, "भाईजी, मेरी रक्षा कीजिए। सुकुल का घर छुटा हुआ है, जिस तरह हो, मुझे अपने कुल में मिलाकर, सुकुल से ब्याह साबित कीजिए।"

उसकी बड़ी-बड़ी आँखें; दो बूँद आँसू कपोलों से बहकर मेरी जाँघ पर टपके। मैं खड़ा हो गया और अपनी चादर से उसके आँसू पोंछते हुए कहा, "तुम मेरे चाचाजी की लड़की, मेरी छोटी बहन हुईं। मेरे चाचा सस्त्रीक बंगाल में आकर गुजरे हैं। उनके एक कन्या भी थी, देश से आई थी।"

आनन्द से भरकर, वह मेरा हाथ लेकर खेलने लगी। इसी समय सुकुल आए। पूछा, "रामकहानी हो गई?"

मैंने कहा, "अभी नहीं, कहानी से पहले भूमिका समाप्त हुई है।"

"सुकुल," भरकर उसने कहा, "कोलम्बस को किनारा दिखा।"

सुकुल बड़े प्रसन्न पदक्षेप से मेरे पास आए। पूछा, "चाय कुछ बची है?"

"सब-की-सब," मैंने कहा, "पर ठंडी हो गई होगी, गरम करा लो।" बीवी की तरफ मुड़कर पूछा, "लेकिन तुम्हारा नाम अभी नहीं मालूम कर पाया।"

"जहाँ से आई हूँ," उसने कहा, "वहाँ की पुखराज हूँ, यहाँ की पुष्कर कुमारी।"

"कुँवर," मैंने कहा, "जल्दी करो, तुम्हारी मुर्गी स्वादिष्ट होगी, पर कहानी और स्वाददार हो। दोनों के लिए उतावली है।"

कुँवर चाय बनाने लगी। पम्प करते समय सिर की साड़ी सरक गई। फिर नहीं सँभाला। सुकुल की आँखें लोभी भौंरे की तरह उसके मुँह से लगी रहीं।

मैंने वहीं स्नान किया। सुकुल की धोती पहनी! भोजन किया—बिलकुल मुसलमानी खाना। वैसी ही चपातियाँ, वैसा ही कोरमा। वही चटनी, वही मुरब्बा, वही मिठाई। खाते हुए पूछा, "कुँवर, हिन्दू भोजन भी पका लेती हो या नहीं?" उसने 'हाँ' कहकर सुकुल की तरफ इशारा किया कि इनसे सीखा है।

"किताब छोड़कर खाना पकाते बड़ी परेशानी होती होगी तुम्हें?" मैंने कहा।

"सुकुल के लिए मैं सबकुछ सह सकती हूँ," उसने जवाब दिया।

भोजन समाप्त हुआ। हम लोग उसी कमरे में गए। सुकुल बच्चे को लिये हुए।

पान खाते-खाते मैंने कहा, "अब देर न करो कुँवर।"

कुँवर एक बार नीचे गई। दासी से कुछ कहकर दुमंजिले का दरवाजा बन्द कर आई, और अपनी कुर्सी पर बैठी।

मैंने कहा, "अब शुभस्य शीघ्रम् होना चाहिए।"

कुँवर बोली, "मेरी माँ हिन्दू हैं। लखनऊ के वाजपेयी खानेवाले घर की। मैं उन्हीं से हूँ।"

"तब तो तुम कुलीन हो," मैंने कहा, "तुम्हारे पिता का नाम?"

"उसका नाम कौन ले," कुँवर बोली, "आपके चाचाजी मेरे पिता हैं।"

कुँवर भर गई। रुककर सँभलने लगी। बोली, "वाजपेयीजी को एक ब्याह से सन्तोष नहीं हुआ। दूसरी शादी की। तब मैं पेट में थी। बेहटा मेरा ननिहाल है। सिर्फ नानी थीं। ईश्वर की इच्छा, उनका देहान्त हो गया तब मेरी माँ ने ससुर को कई चिट्ठियाँ लिखवाईं; पर उन्होंने खबर न ली। घर में किसी तरह गुजर न हुई, तब लोटा-थाली बेचकर, उस खर्च से माँ लखनऊ गईं। घर में पैर रखते, ससुर और पति ने तेवर बदले। पति ने कहा, इसके हमल है, हमारा नहीं। ससुर ने कहा, बदचलन है, धर्म बिगाड़ने आई है, भली होती, तो चली न आती—वहीं के लोग परवरिश करते। पड़ोसियों की भी राय थी। सौत ने धरती उठा ली। एक रात को पति ने बाँह पकड़कर निकाल दिया। माँ रास्तों पर मारी-मारी फिरीं। सुबह जिस आदमी ने उनके आँसू देखे, वह मुसलमान था। उस वक्त माँ के दिल में हिन्दू, धर्म और भगवान के लिए कितनी जगह थी, आप सोच सकते हैं। निस्सहाय, अन्तःसत्त्वा, अबला केवल आश्रय चाहती थी, सहानुभूतिपूर्ण मनुष्यतायुक्त; वह एक मुसलमान से प्राप्त हुआ। मुसलमान की बातों में

विधर्मीपन न था। एक स्त्री के प्रति पुरुष का जैसा चाहिए, वैसा आश्वासन, विश्वास और पौरुष था। माँ आकृष्ट हुईं। वह माँ को ले चला। आगे वह, पीछे माँ। माँ फूल के कड़े-छड़े-धोती पहने हुए, मुसलमान के पीछे चलती साफ हिन्दू-महिला मालूम दे रही थीं। ऐसे वक्त एक आर्यसमाजी की निगाह पड़ी। उसने पीछा किया। मुसलमान बढ़ता हुआ घर पहुँचा। पर उसे हिन्दू का पीछा करना मालूम हो गया था, इसलिए डरा। घर देखकर वह आर्यसमाजी पुलिस को खबर देने लगा। इधर मुसलमान ने भी पेशबन्दी शुरू की। एक-दूसरे मुसलमान दोस्त के ताँगे में परदा लगाकर माँ को दूसरे मुसलमान के घर कर आया। पुलिस की तहकीकात जारी हुई, साथ-साथ माँ का एक मुसलमान के घर से दूसरे मुसलमान के घर होना। अन्त में वह एक ऐसे घर पहुँचीं जो एक इन्स्पेक्टर, पुलिस, का था। इन्स्पेक्टर साहब छुट्टी लेकर उस वक्त रह रहे थे। नौकरी पर चलते समय वह माँ को भी साथ लेते गए। अकेले थे। माँ सुन्दरी थीं।"

इच्छा हुई, इन्स्पेक्टर साहब का नाम पूछूँ, पर सोचा, वाजपेयीजी के नाम के साथ बाद को मालूम कर लूँगा।

कुँवर कहती गई, "इस तरह इन्स्पेक्टर साहब ने एक अबला की रक्षा की। मैं पैदा हुई। मेरे कई भाई-बहन और हुए। मैं उर्दू पढ़ती थी; मुसलमान पिताजी का लखनऊ तबादला होने पर, अँगरेजी पढ़ने लगी। नाइन्थ क्लास में थी, माँ से पिताजी की बातचीत हुई, मेरी शादी के बारे में। मैं कमरे के बाहर खड़ी थी। उन्हें मालूम न था। उस रोज मुझे कुछ आभास मिला। पहले माँ को नाराज होने पर जिन शब्दों में अभिहित करते थे, उनकी सचाई समझी। मेरी आँख खुली। बड़ी लज्जा लगी, हिन्दू-मुसलमान—इन दोनों शब्दों पर किसी की तरफदारी के लिए। एक रोज माँ को रोककर मैंने पकड़ा। जो कुछ सुना और समझा था, कहा, और बाकी ब्यौरा समझाने के लिए विनय की। एकान्त में माँ ने अपना सारा हाल सुनाया और ईश्वर

का स्मरण कर, उनकी इच्छा कहकर खामोश हो गईं। मुझे जातीय गर्व से घृणा हो गई। मैंने कहा, मैं शादी नहीं करूँगी; जी-भर पढ़ना चाहती हूँ। बस, यहीं से मेरे विचार बदले। मैट्रीक्युलेशन पढ़कर मैं आई.टी. कॉलेज गई, और दूसरे विषयों के साथ हिन्दी ली। एफ.ए. पास हो बी.ए. में गई। आखिरी साल सुकुल को देखा।

"सुकुल को देखा," कहने के साथ कुँवर का जैसे स्नेह का स्रोत फूट पड़ा।

कुछ रस-पान कर मैंने कहा, "कुँवर, यहाँ अच्छी तरह वर्णन करो। हिन्दी के कहानी-लेखक और पाठक बहुत प्यासे हैं।"

कुँवर जमकर सीधी हुई। बोली, "सुकुल तब क्रिश्चियन कॉलेज में प्रोफेसर थे। प्रिंसिपल को आश्वासन दिया था कि ईसाई-धर्म को वह संसार में सर्वश्रेष्ठ धर्म मानते हैं, लेकिन बूढ़े पिताजी का लिहाज है, और वह दो-चार साल में चलते हैं, बाद को सुकुल क्रिश्चियन के अलावा दूसरा अस्तित्व नहीं रखते। कुछ निबन्ध भी प्रमाण के तौर पर लिखे। दूरदर्शी प्रिंसिपल ने तब सिफारिश की, और इन्हें जगह मिली। मेरे मकान के सामने ठहरे थे। बड़ी सँभाल से हैट लगाते थे कि चोटी कहीं से न देख पड़े—पगड़ी के भीतर विभीषण के तिलक की तरह। कभी मिसेज सुकुल आती थीं, कभी अकेले ठोंकते खाते थे। मुझे इतना जानते थे कि इस मकान से कोई कॉलेज जाती है। एक दिन की बात। मैं छत पर थी। शाम हो रही थी। सुकुल बरामदे में बैठे थे। मौसम बरसात का। बादल मदन की वैजयन्ती बने हुए। ठंडी हवा चल रही थी। पेड़-पौधे लोट-पोट। क्या कहूँ, मैं भी ऐसी हवा से लहराई। बहुत पहले, कुछ ईंटें बाहर देखने के लिए जमा कर रखी थीं। उन पर खड़ी हो गई। अवरोध के पार सिर उठाकर देखा। सुकुल बैठे थे। कई बार पहले भी देख चुकी थी। सुकुल ने न देखा था। अबके निगाह एक हो ही गई। सुकुल की जनरल की मूँछें—बाघ का

मुँह—कालिदास की आँखें!—माफ कीजिएगा, मैं बकरे को कालिदास कहती हूँ।—टकटकी बँध गई। मुझे किसी ने जैसे गुदगुदा दिया। इतनी बिजली भर गई कि मैंने फौरन सुकुल को फौजी सलामी दी। होश में आ, लजाकर बैठ गई। फिर कई दिन आँखें नहीं मिलाईं, छिप-छिपकर देखती रही। सुकुल दूसरों की नजर बचाते कितने बेचैन थे! मुझे लुत्फ आने लगा, शिकार को तड़फड़ाहट से शिकारी को जो खुशी होती है। बरामदे में सुबह-शाम बैठना सुकुल का काम हो गया। कहीं न जाते थे। इधर-उधर देखकर निगाह उसी जगह जमा देते थे। जगह खाली देखकर आह भरते थे। मैं दीवार के छेद से देखती थी। एक रोज फिर उसी तरह दर्शन देने की इच्छा हुई। ईंटें बिखेर देती थी। इकट्ठी कीं। खड़ी हुई। सूरज मुँह के सामने था। सुकुल ने देखते ही हाथ जोड़कर प्रणाम किया। मैं कागज का एक टुकड़ा ले गई थी। उसकी गोली बनाकर उसे नीचे डाल दिया। उस पर सुकुल की जैसी निगाह थी, वैसी नादिरशाह की कोहनूर पर न रही होगी, न अँग्रेजों की अवध पर।"

मारे आकर्षण के मुझसे न रहा गया। पूछा, "क्या लिखा था?"

"कुछ नहीं," कुँवर बोली, "वह कोहनूर की ही तरह सफेद था। सुकुल ने उसे उठाकर बड़े चाव से खोला। और यद्यपि उसमें कुछ न लिखा था, फिर भी, कुछ लिखा होता, तो सुकुल को इतनी सरसता न मिली होती—उस शून्य पृष्ठ पर विश्व की समस्त प्रेमिकाओं की कविता लिखी थी। सुकुल उसे लेकर बरामदे में आए, और मुझे दिखाकर हृदय से लगा लिया। मैं मुस्कराकर बिदा हुई। इस खाली के बाद भरी दागने लगी। रोज एक गोली चलाती थी—बिहारी, देव, पद्माकर, मतिराम आदि के दोहे और कवित्त लिख-लिखकर। अन्त में सुकुल का किला तोड़ लिया। एक दिन एक गोली में दागकर कि मैं तुम्हारे घर आऊँगी—रात-भर दरवाजा खुला रखना, गई और अपने किले पर अधिकार कर समझा दिया कि इम्तहान

के बाद स्थायी रूप से यहाँ आकर निवास करूँगी। सुकुल अपनी भूलों का बयान करते रहे—कब क्या करते क्या हो गया। पर मैंने कोई भूल की ही नहीं थी। मिसेज सुकुल से शादी करके सुकुल के पिताजी ने और सुकुल ने, मुमकिन है, भूल की हो। मैंने यह जरूर सोचा कि मेरे कारण सुकुल की मुसीबतें बढ़ सकती हैं, पर साथ ही यह खयाल आया कि कोई पहलू उठाइए, सामने मुसीबत है—अब कदम पीछे नहीं पड़ सकता। जहाँ सुकुल हर चाल पर चूकते थे, वहाँ मैंने पहले ही मात दी—इम्तहान में बैठी, और सुकुल के घर आकर मालूम किया, पास हुई, और रायबहादुर बन्नूलाल-हिन्दी-मेडल पाया। और फिर डिगरी लेने नहीं गई। इम्तहान के बाद, जब एक रात को हमेशा के लिए सुकुल के घर आकर बैठी, बड़ा तहलका मचा, कुछ ढूँढ़-तलाश के बाद जब मैं नहीं मिली। निश्चय हुआ कि मेरी मर्जी से किसी ने मुझे भगाया। सुकुल पर शक हुआ। थाने में रिपोर्ट हुई। सुकुल मुझे कहाँ रखें—घबराए। दीवार से बनी एक अलमारी थी। अलमारी के नीचे एक तहखाना छोटा-सा था। मैं अब जैसी हूँ तब इससे और दुबली थी—जगन्नाथजी में, कुछ महीने हुए, कलियुग की मूर्ति देखी—कन्धे पर बीवी को बैठाले मियाँ लड़के की उँगली पकड़े बाप को धतकार रहे हैं, मेरी इच्छा हुई, सुकुल कलियुग बनें। सुकुल को कई दफे कलियुग बना चुकी हूँ। धतकारने के लिए, कहती थी, सामने समझो, हिन्दूपनरूपी तुम्हारा बाप है। सुकुल धतकारते थे। गरज यह कि उस तहखाने में मैं आसानी से आ सकती थी। सुकुल से मैंने कहा, ऊपर कुछ कपड़े डाल दो, साँस लेने की जगह मैं कर लूँगी। अलमारी के ऊपरवाले ताकों में चीजें पहले से रखी थीं। बाहर से अलमारी बन्द कराके ताला लगवा देती थी। इस तरह दो-दो, तीन-तीन, चार-चार घंटे दम साधने लगी। जब सुकुल कॉलेज जाते थे, तब बाहर से ताला बन्द कर लेते थे। जब लौटते थे, तब बाहर दरवाजा बन्द कर लेते थे। कोई पुकारता था, तो मैं तहखाने में जाती थी, अलमारी का ताला

बन्द करके सुकुल बाहर निकलते थे। तीसरे दिन सही-सही पुलिस आ गई। सुकुल उसी तरह बाहर निकले। प्रभातकाल था, बल्कि उषःकाल। दारोगा मुसलमान। डटकर तलाशी लेने लगा। अलमारी के पास आकर खड़ा हुआ। मैं समझ गई, यह साँस की आहट ले रहा है। मैं मुँह से साँस लेने लगी। फिर अलमारी नहीं खोलवाई, दराज से देख-दाखकर चला गया। सुकुल उसे विदा कर उसी तरह भीतर आए। मुझे निकाला। मैं खिलखिलाकर हँसी। फिर सुकुल से जल्द मकान बदलने के लिए कहा। तलाशी की खबर चारों तरफ फैली। सुकुल के गाँव भी पहुँची। सुकुल ने भी अब तक तलाशी का हाल लिखा, पर मकान बदलकर। यह मकान बड़ा था। बगल-बगल दो आँगन थे। मेरा खयाल रखकर लिया गया था। चिट्ठी पा सुकुल के भाई मिसेज सुकुल को लेकर आए। हम पहले से सतर्क थे। बड़े मकान में सुकुल रहने लगे। मैं अपना गुप्त जीवन व्यतीत करती रही। मुझे कोई कष्ट न था; पर सुकुल की ड्यूटी बढ़ गई। सौभाग्य कहूँ या दुर्भाग्य, तीन-चार महीने रहकर मिसेज सुकुल बीमार पड़ीं; और सात-आठ दिन के बुखार में उनका इन्तकाल हो गया। सुकुल के भाई चले गए थे। इन्होंने फिर किसी को नहीं बुलाया। किसी तरह मित्रों की मदद से उनका अन्तिम संस्कार कर दिया। सुकुल से पूछकर मैं तुम्हारा हाल मालूम कर चुकी थी; जानती थी, मुझे ही अपनी नाव खेनी है; पर तुम्हारा पता मालूम न कर सकी, इतनी ही चिन्ता रह-रहकर होती थी। मिसेज सुकुल के रहते मैंने मिस्टर सुकुल को तुम्हारे गाँव भेजा था। तुम्हीं जैसे मेरे सहारा हो सकते थे। मिसेज सुकुल के रहने पर मुझे कोई अड़चन न थी, न अब, न रहने पर कोई सुविधा है। यह बच्चा मिसेज सुकुल का है। बड़ी कठिनाइयों से तुम्हारा पता लगा था। मिसेज सुकुल के गुजरने पर हम लोगों को विवश होकर लापता होना पड़ा। पास इतना धन था कि साल-डेढ़ साल का खर्च चल जाए। इतने दिनों बाद हमारी साधना सफल हुई।"

मैंने कुँवर को धन्यवाद दिया। कलकत्ते में ही उसका ब्याह कर दूँगा, यह आश्वासन देकर उससे बिदा ली।

सेठजी बैठे थे। एकान्त में ले जाकर यह हाल उनसे कहा। वह सहमत हो गए। कहा, "मगर मुंशीजी से न कहिएगा, उनके पेट में बात नहीं रहती।"

शुभ मुहूर्त में विवाह की तैयारियाँ होने लगीं। एक दिन आमंत्रित हिन्दी-भाषी विभिन्न प्रान्तों के साहित्यिकों की उपस्थिति में सुकुल के साथ श्रीपुष्करकुमारी का ब्याह कर दिया।

प्रीति-भोज में अनेक कनवजिए सम्मिलित थे। देश में यह शुभ सन्देश सुकुल के पहुँचने से पहले पहुँचा। कुँवर अब भी है।

श्रीमती गजानन्द शास्त्रिणी

श्रीमती गजानन्द शास्त्रिणी श्रीमान् पं. गजानन्द शास्त्री की धर्म-पत्नी हैं। श्रीमान् शास्त्रीजी ने आपके साथ यह चौथी शादी की है—धर्म की रक्षा के लिए। शास्त्रिणीजी के पिता को षोड्शी कन्या के लिए पैंतालीस साल का वर बुरा नहीं लगा—धर्म की रक्षा के लिए। वैद्य का पेशा अख्तियार किए शास्त्रीजी ने युवती पत्नी के आने के साथ 'शास्त्रिणी' का साइन-बोर्ड टाँगा—धर्म की रक्षा के लिए। शास्त्रिणीजी उतनी ही उम्र में गहन पातिव्रत्य पर अविराम लेखनी चालना कर चलीं—धर्म की रक्षा के लिए। मुझे यह कहानी लिखनी पड़ रही है—धर्म की रक्षा के लिए।

इससे सिद्ध है, धर्म बहुत ही व्यापक है। सूक्ष्म दृष्टि से देखनेवालों का कहना है कि नश्वर संसार का कोई काम धर्म के दायरे से बाहर नहीं। सन्तान पैदा होने के पहले से मृत्यु के बाद—पिंडदान तक जीवन के समस्त भविष्य, वर्तमान और भूत को व्याप्त कर धर्म-ही-धर्म है।

जितने देवता हैं, चूँकि देवता हैं, इसलिए धर्मात्मा हैं। मदन को भी देवता कहा है। यह जवानी के देवता हैं। जवानी जीवन-भर का शुभमुहूर्त है, सबसे पुष्ट, कर्मठ और तेजस्वी देवता मदन, जो भस्म होकर नहीं मरे; लिहाजा यह काल और काल के देवता सबसे ज्यादा सम्मान्य, फलतः

क्रियाएँ भी सबसे अधिक महत्त्वपूर्ण, धार्मिकता लिये हुए। मदन को कोई देवता न माने तो न माने, पर यह निश्चय है कि आज तक कोई देवता इन पर प्रभाव नहीं डाल सका। किसी धर्म, शास्त्र या अनुशासन को यह मानकर नहीं चले, बल्कि धर्म, शास्त्र और अनुशासन के माननेवालों ने ही इनकी अनुवर्तिता की है। यौवन को भी कोई कितना निंद्य कहे, चाहते सब हैं, वृद्ध सर्वस्व भी स्वाहा कर। चिह्न तक लोगों को प्रिय हैं—खिजाब की कितनी खपत है! धातु-पुष्टि की दवा सबसे ज्यादा बिकती है। साबुन, सेंट, पाउडर, क्रीम, हेजलीन, वेसलीन, तेल-फुलेल के लाखों कारखाने हैं इस दरिद्र देश में। जब न थे, तब रामजी और सीताजी उबटन लगाते थे। नाम और प्रसिद्धि कितनी है—संसार की सिनेमा-स्टारों को देख जाइए। किसी शहर में गिनिए—कितने सिनेमा-हाउस हैं। भीड़ भी कितनी—आवारागर्द मवेशी काइन्ज हाउस में इतने न मिलेंगे। देखिए—हिन्दू, मुसलमान, सिख, पारसी, जैन, बौद्ध, क्रिस्तान—सभी; साफा, टोपी, पगड़ी, कैप, हैट और पाग से लेकर नंगा सिर-घुटन्ना तक; अद्वैतवादी, विशिष्टाद्वैतवादी, द्वैतवादी, द्वैताद्वैतवादी, शुद्धाद्वैतवादी, साम्राज्यवादी, आतंकवादी, समाजवादी, काजी, सूफी से लेकर छायावादी तक; खड़े-बेड़े, सीधे-टेढ़े—सब तरह के तिलक-त्रिपुंड; बुरकेवाली, घूँघटवाली, पूरे और आधे और चौथाई बालवाली, खुली और मुँदी चश्मेवाली आँखें तक देख रही हैं; अर्थात् संसार के जितने धर्मात्मा हैं, सभी यौवन से प्यार करते हैं। इसलिए उनके कार्य को भी धर्म कहना पड़ता है। किसी के न कहने—न मानने से वह अधर्म नहीं होता।

अस्तु, इस यौवन के धर्म की ओर शास्त्रिणीजी का धावा हुआ, जब वह पन्द्रह साल की थीं अविवाहिता। यह आवश्यक था, इसलिए पाप नहीं। मैं इसे आवश्यकतानुसार ही लिखूँगा। जो लोग विशेष रूप से समझना चाहते हों, वे जितने दिन तक पढ़ सकें, काम-विज्ञान का अध्ययन कर लें।

इस शास्त्र पर जितनी पुस्तकें हैं, पूरे अध्ययन के लिए पूरा मनुष्य-जीवन थोड़ा है। हिन्दी में अनेक पुस्तकें इस पर प्रकाशित हैं, बल्कि प्रकाशन को सफल बनाने के लिए इस विषय की पुस्तकें आधार मानी गई हैं। इससे लोगों को मालूम होगा कि यह धर्म किस अवस्था से किस अवस्था तक किस-किस रूप में रहता है।

शास्त्रिणीजी के पिता जिला बनारस के रहनेवाले हैं—देहात के, पयासी, सरयूपारीण ब्राह्मण; मध्यमा तक संस्कृत पढ़े; घर के साधारण जमींदार, इसलिए आचार्य भी विद्वत्ता का लोहा मानते हैं। गाँव में एक बाग कलमी लँगड़े का है। हर साल भारत-सम्राट् को आम भेजने का इरादा करते हैं, जब से वायुयान-कम्पनी चली। पर नीचे से ऊपर को देखकर ही रह जाते हैं—साँस छोड़कर। जिले के अँगरेज हाकिमों को आम पहुँचाने की पितामह के समय से प्रथा है। यह भी सनातनधर्मानुयायी हैं। नाम पं. रामखेलावन है।

रामखेलावनजी के जीवन में एक सुधार मिलता है। अपनी कन्या का, जिन्हें हम शास्त्रिणीजी लिखते हैं, नाम उन्होंने सुपर्णा रखा है। गाँव की जीभ में इसका यह रूप नहीं रह सका; प्रोग्रेसिव राइटर्स की साहित्यिकता की तरह 'पन्ना' बन गया है। इस सुधार के लिए हम पं. रामखेलावनजी को धन्यवाद देते हैं। पंडितजी समय काटने के विचार से आप ही कन्या को शिक्षा देते थे, फलस्वरूप कन्या भी उनके साथ समय काटती गई और पन्द्रह साल की अवस्था तक सारस्वत में हिलती रही। फिर भी गाँव की वधू-वनिताओं पर, उसकी विद्वत्ता का पूरा प्रभाव पड़ा। दूसरों पर प्रभाव डालने का उसका जमींदारी स्वभाव था, फिर संस्कृत पढ़ी, लोग मानने लगे। गति में चापल्य उसकी प्रतिभा का सबसे बड़ा लक्षण था।

उन दिनों छायावाद का बोलबाला था, खास तौर से इलाहाबाद में

लड़के पन्त के नाम की माला जपते थे ध्यान लगाए। कितनी लड़ाइयाँ लड़ीं प्रसाद, पन्त और माखनलाल के विवेचन में। भगवतीचरण बायरन से आगे हैं, पीछे रामकुमार—कितनी ताकत से सामने आते हुए! महादेवी कितना खींचती हैं!

मोहन उसी गाँव का इलाहाबाद विश्वविद्यालय में बी.ए. (पहले साल) में पढ़ता था। यह रंग उस पर भी चढ़ा और दूसरों से अधिक। उसे पन्त की प्रकृति प्रिय थी, और इस प्रियता से जैसे पन्त में बदल जाना चाहता था। संकोच, लज्जा, मार्जित मधुर उच्चारण, निर्भीक नम्रता, शिष्ट, आलाप, सजधज उसी तरह। रचनाओं से रच गया। साधना करते सधी रचना करने लगा। पर सम्मेलन शरीफ अब तक नहीं गया। पिता हाईकोर्ट में क्लर्क थे। गर्मी की छुट्टियों में गाँव आया हुआ है।

सुपर्णा से परिचय है, जैसे पर्ण और सुमन का। सुमन पर्ण के ऊपर है, सुपर्णा नहीं समझी। जमींदार की लड़की, जिस तरह वहाँ की समस्त डालों के ऊपर अपने को समझती थी, उसके लिए भी समझी। ज्यों-ज्यों समय की हवा से हिलती थी, सुमन की रेणु से रँग जाती थी; समझती थी, वह उसी का रंग है। मोहन शिष्ट था, पर अपना आसन न छोड़ता था

सुपर्णा एक दिन बाग में थी। मोहन लौटा हुआ घर आ रहा था। सुपर्णा रँग गई। बुलाया। मोहन फिर भी घर की तरफ चला।

“मोहन, ये आम बाबूजी दे गए हैं, ले जाओ। तकवाहा बाजार गया है।”

मोहन बाग की ओर चला। नजदीक गया तो सुपर्णा हँसने लगी, “कैसा धोखा देकर बुलाया है?—आम बाबूजी ने तुम्हारे यहाँ कभी और भी भिजवाए हैं?”

मोहन लजाकर हँसने लगा।

“लेकिन तुम्हारे लिए कुछ आम चुनकर मैंने रखे हैं। चलो।”

मोहन ने एक बार संयत दृष्टि से उसे देखा। सुपर्णा साथ लिये बीच बाग की तरफ चली, "मैंने तुम्हें आते देखा था, तुमसे मिलने को छिपकर चली आई। तकवाहे को सौदा लेने बाजार (दूसरे गाँव) भेज दिया है। याद है मोहन?"

"क्या?"

"मेरी गुइंयों ने तुम्हारे साथ, खेल में...?"

"वह तो खेल था।"

"नहीं, वह सही था। मैं अब भी तुम्हें वही समझती हूँ।"

"लेकिन तुम पयासी हो। शादी तुम्हारे पिता को मंजूर न होगी।"

"तो तुम मुझे कहीं ले चलो। मैं तुमसे कहने आई हूँ। दूसरे से ब्याह करना मैं नहीं चाहती।"

मोहन की सुन्दरता गाँव की रहनेवाली सुपर्णा ने दूसरे युवक में नहीं देखी। उसका आकर्षण उसकी माँ को मालूम हो चुका था। उसका मोहन के घर जाना बन्द था। आज पूरी शक्ति लड़ाकर, मौका देखकर मोहन से मिलने आई है। मोहन खिंचा। उसे यहाँ वह प्रेम न दिखा, वह जिसका भक्त था, कहा, "लेकिन मैं कहाँ ले चलूँ?"

"जहाँ रहते हो।"

"वहाँ जो पिताजी हैं!"

"तो और कहीं।"

"खाएँगे क्या?"

खाना पड़ता है, यह सुपर्णा को याद न था। मोहन से लिपटी जा रही थी।

इसी समय तकवाहा बाजार से आ गया। देर का गया था। देखकर सचेत करने के लिए आवाज दी। सुपर्णा घबराई। मोहन खड़ा हो गया।

तकवाहा बाग आ सौदा देकर मोहन को जमींदार की ही दृष्टि से

घूरता रहा। मतलब समझकर मोहन धीरे-धीरे बाग से बाहर निकला और घर की ओर चला।

तकवाहा धार्मिक था। जैसा देखा था, पं. रामखेलावनजी से व्याख्या समेत कहा। साथ ही इतना उपदेश भी दिया कि मालिक, पानी की भरी खाल है, कल क्या हो जाए! बिटिया रानी का जल्द ब्याह कर देना चाहिए।

पं. रामखेलावनजी भी धार्मिक थे। धर्म की सूक्ष्मतम दृष्टि से देखने लगे तो मालूम पड़ा कि सुपर्णा के गर्भ है, नौ-दस महीने में लड़का होगा। फिर? इस महीने लगन है—ब्याह हो जाना चाहिए।

जल्दी में बनारस चले।

पं. गजानन्द शास्त्री बनारस के वैद्य हैं। वैदकी साधारण चलती है, बड़े दाँव-पेंच करते हैं तब। पर आशा बहुत बढ़ी-चढ़ी है। सदा बड़े-बड़े आदमियों की तारीफ करते हैं और ऐसे स्वर से, जैसे उन्हीं में से एक हों! वैदकी चले, इस अभिप्राय से शाम को रामायण पढ़ते-पढ़वाते हैं तुलसी-कृत; अर्थ स्वयं कहते हैं। गोस्वामीजी के साहित्य का उनसे बड़ा जानकार—विशेष कर रामायण का, भारतवर्ष में नहीं, यह श्रद्धापूर्वक मानते हैं। सुननेवाले ज्यादातर विद्यार्थी हैं, जो भरसक गुरु के यहाँ भोजन करके विद्याध्ययन करने काशी आते हैं। कुछ साधारण जन हैं, जिन्हें असमय पर मुफ्त दवा की जरूरत पड़ती है। दो-चार ऐसे भी आदमी, जो काम तो साधारण करते हैं, पर असाधारण आदमियों में गप लड़ाने के आदी हैं। मजे की महफिल लगती है। कुछ महीने हुए, शास्त्रीजी की तीसरी पत्नी का असच्चिकित्सा के कारण देहान्त हो गया है। बड़े आदमी की तलाश में मिलनेवाले अपने मित्रों से शास्त्रीजी बिना पत्नीवाली अड़चनों का बयान करते हैं, और उतनी बड़ी गृहस्थी आठाबाठा जाती है—इसके लिए विलाप। सुपात्र सरयूपारीण ब्राह्मण हैं; मामखोर सुकुल।

पं. रामखेलावनजी बनारस में एक ऐसे मित्र के यहाँ आकर ठहरे, जो वैद्यजी के पूर्वोक्त प्रकार के मित्र हैं। रामखेलावनजी लड़की के ब्याह के लिए आए हैं, सुनकर मित्र ने उन्हें ऊपर ही लिया, और शास्त्रीजी की तारीफ करते हुए कहा, सुपात्र बनारस शहर में न मिलेगा। शास्त्रीजी की तीसरी पत्नी अभी गुजरी हैं; फिर भी उम्र अभी अधिक नहीं, जवान हैं। शास्त्री, वैद्य, सुपात्र और उम्र भी अधिक नहीं—सुनकर पं. रामखेलावनजी ने मन-ही-मन बाबा विश्वनाथ को दंडवत् की और बाबा विश्वनाथ ने हिन्दू-धर्म के लिये क्या-क्या किया है, इसका उन्हें स्मरण दिलाया—वह भक्तवत्सल आशुतोष हैं, यह यहीं से विदित हो रहा है—मर्यादा की रक्षा के लिए अपनी पुरी में पहले से वर लिये बैठे हैं—आने के साथ मिला दिया। अब यह बन्धन न उखड़े, इसकी बाबा विश्वनाथ को याद दिलाई।

पं. रामखेलावनजी के मित्र पं. गजानन्द शास्त्री के यहाँ उन्हें लेकर चले। जमींदार पर एक धाक जमाने की सोची; कहा, "लेकिन बड़े आदमी हैं, कुछ लेन-देनवाली पहले से कह दीजिए, आखिर उनकी बराबरी के लिए कहना ही पड़ेगा कि जमींदार हैं।"

"जैसा आप कहें।"

"कुल मिलाकर तीन हजार तो दीजिए, नहीं तो अच्छा न लगेगा।"

"इतना तो बहुत है।"

"ढाई हजार? इतने से कम में न होगा। यह दहेज की बात नहीं, बनाव की बात है।"

"अच्छा, इतना कर दिया जाएगा। लेकिन विवाह इसी लगन में हो जाना चाहिए।"

मित्र चौंका। सन्देह मिटाने के लिए कहा, "भई, इस साल तो नहीं हो सकता।"

पं. रामखेलावनजी घबराकर बोले, "आप जानते ही हैं, ग्यारह साल के बाद लड़की जितना ही पिता के यहाँ रहती है, पिता पर पाप चढ़ता है। पन्द्रह साल की है। सुन्दर जोड़ी है। लड़की अपने घर जाए, चिन्ता कटे। जमाना दूसरा है।"

मित्र को आशा बँधी। सहानुभूतिपूर्वक बोले, "बड़ा जोर लगाना पड़ेगा, अगले साल हो तो बुरा तो नहीं?"

पं. रामखेलावनजी चलते हुए रुककर बोले, "अब इतना सहारा दिया है, तो खेवा पार ही कर दीजिए। बड़े आदमी ठहरे, कोई हमसे भी अच्छा तब तक आ जाएगा।"

मित्र को मजबूती हुई। बोले, "उनकी स्त्री का देहान्त हुआ है, अभी साल भी पूरा नहीं हुआ। बरखी से पहले मंजूर न करेंगे। लेकिन एक उपाय है, अगर आप करें।"

"आप जो भी कहें, हम करने को तैयार हैं, भला हमें ऐसा दामाद कहाँ मिलेगा?"

"बात यह है कि कुल सराधें एक ही महीने में करवानी पड़ेंगी, और फिर ब्रह्मभोज भी तो है, और बड़ा। कम-से-कम तीन हजार खर्च होंगे। फिर तत्काल विवाह। आप हजार रुपये भी दीजिए, पर उन्हें नहीं। अरे रे!...इसे वह अपमान समझेंगे। हम दें। इससे आपकी इज्जत बढ़ेगी, और आखिर हमें बढ़कर उनसे कहना भी तो है कि बराबर की जगह है? हजार जब उनके हाथ पर रखेंगे कि आपके ससुरजी ने बरखी के खर्च के लिए दिये हैं, तब यह दस हजार के इतना होगा, यही तो बात थी। वह भी समझेंगे।"

पं. रामखेलावनजी दिल से कसमसाए, पर चारा न था। उतरे गले से कहा, "अच्छी बात है।"

मित्र ने कहा, "तो रुपये कब तक भेजिएगा? अच्छा, अभी चलिए,

देख लीजिए। विवाह की बातचीत न कीजिएगा, नहीं तो निकाल ही देंगे। समझिए—पत्नी मरी हैं।"

रामखेलावनजी दबे। धीरे-धीरे चलते गए। "लड़की कुछ पढ़ी भी है—पढ़ती थी—तीन साल हुए, जब मैं गया था, गवाही थी—मौका देखने के लिए?" मित्र ने पूछा।

"लड़की तो सरस्वती है। आपने देखा ही है। संस्कृत पढ़ी है।"

"ठीक है। देखिए, बाबा विश्वनाथ हैं।" मित्र की तरह पर उतरे गले से कहा।

रामखेलावनजी डरे कि बिगाड़ न दे। दिल से जानते थे, बदमाश है, उनकी तरफ से झूठी गवाही दे चुका है रुपये लेकर; लेकिन लाचार थे; कहा, "हम तो आपमें बाबा विश्वनाथ को ही देखते हैं। यह काम आपका बनाया बनेगा।"

मित्र हँसा। बोला, "कह तो चुके। गाढ़े में काम न दे, वह मित्र नहीं—दुश्मन है।" सामने देखकर, "वह शास्त्रीजी का ही मकान है, सामने।" था वह किराए का मकान। अच्छी तरह देखकर कहा, "हैं नहीं बैठक में; शायद पूजा में हैं।"

दोनों बैठक में गए। मित्र ने पं. रामखेलावनजी को आश्वासन देकर कहा, "आप बैठिए। मैं बुलाए लाता हूँ।"

पं. रामखेलावनजी एक कुर्सी पर बैठे। मित्रवर आवाज देते हुए जीने पर चढ़े।

जिस तरह मित्र ने यहाँ रोब गाँठा था, उसी तरह शास्त्रीजी पर गाँठना चाहा। वह देख चुका था, शास्त्री खिजाब लगाते हैं, अर्थ—विवाह के सिवा दूसरा नहीं। शास्त्रीजी बढ़-बढ़कर बातें करते हैं, यह मौका बढ़कर बातें करने का है। उसका मंत्र है, काम निकल जाने पर बेटा बाप का नहीं होता। उसे काम निकालना है।

शास्त्रीजी ऊपर एकान्त में दवा कूट रहे थे। आवाज पहचानकर बुलाया। मित्र ने पहुँचने के साथ देखा—खिजाब ताजा है। प्रसन्न होकर बोला, "मेरी मानिए, तो वह ब्याह कराऊँ, जैसा कभी किया न हो, और बहू अप्सरा, संस्कृत पढ़ी, रुपया भी दिलाऊँ।"

शास्त्रीजी पुलकित हो उठे। कहा, "आप हमें दूसरा समझते हैं?—इतनी मित्रता—रोज की उठक-बैठक, आप मित्र ही नहीं—हमारे सर्वस्व हैं। आपकी बात न मानेंगे तो क्या रास्ता चलते की मानेंगे?—आप भी!"

"आपने अभी स्नान नहीं किया शायद? नहाकर चन्दन लगाकर अच्छे कपड़े पहनकर नीचे आइए। विवाह करनेवाले जमींदार साहब हैं। वहीं परिचय कराऊँगा। लेकिन अपनी तरफ से कुछ कहिएगा मत, नहीं तो बड़ा आदमी है, भड़क जाएगा। घर की शेखी में मत भूलिएगा। आप जैसे उनके नौकर हैं। हाँ, जन्म-पत्र अपना हर्गिज न दीजिएगा। उम्र का पता चला तो न करेगा। मैं सब ठीक कर दूँगा। चुपचाप बैठे रहिएगा। नौकर कहाँ है?"

"बाजार गया है।"

"आने पर मिठाई मँगवाइएगा। हालाँकि खाएगा नहीं। मिठाई से इनकार करने पर नमस्कार करके सीधे ऊपर का रास्ता नापिएगा। मैं भी यह कह दूँगा, शास्त्रीजी ने आधे घंटे का समय दिया है।"

शास्त्री गजानन्दजी गद्गद हो गए। ऐसा सच्चा आदमी यह पहला मिला है, उनका दिल कहने लगा। मित्र नीचे उतरा और मित्र से गम्भीर होकर बोला, "पूजा में हैं, मैं तो पहले ही समझ गया था। दस मिनट के बाद आँख खोली, जब मैंने घंटी टिनटिनाई। जब से स्त्री का देहान्त हुआ है, पूजा में ही तो रहते हैं। सिर हिलाकर कहा—चलो। देखिए, बाबा विश्वनाथ ही हैं। हे प्रभो! शरणागतशरण! तुम्हीं हो—बाबा विश्वनाथ!" कहते हुए मित्र ने पलकें मूँद लीं।

इसी समय पैरों की आहट मालूम दी। देखा, नौकर आ रहा था। डाँटकर कहा, "पंखा झल। शास्त्रीजी अभी आते हैं।"

नौकर पंखा झलने लगा। वैद्य का बैठक था ही।

पं. रामखेलावनजी प्रभाव में आ गए। आधे घंटे बाद जीने में खड़ाऊँ की खटक सुन पड़ी। मित्र उठकर हाथ जोड़कर खड़ा हो गया—उँगली के इशारे पं. रामखेलावनजी को खड़े हो जाने के लिए कहकर। मित्र की देखा-देखी पंडितजी ने भी भक्तिपूर्वक हाथ जोड़ लिये। नौकर अचम्भे से देख रहा था। ऐसा पहले नहीं देखा था।

शास्त्रीजी के आने पर मित्र ने घुटने तक झुककर प्रणाम किया। पं. रामखेलावनजी ने भी मित्र का अनुसरण किया। "बैठिए, गदाधरजी," कोमल सभ्य कंठ से कहकर गजानन्दजी अपनी कुर्सी पर बैठ गए। वैद्यजी की बढ़िया गद्दीदार कुर्सी बीच में थी।

पं. रामखेलावनजी आश्चर्य और हर्ष से देख रहे थे। आश्चर्य इसलिए कि शास्त्रीजी बड़े आदमी तो हैं ही, उम्र भी अधिक नहीं, पच्चीस से तीस कहने की हिम्मत नहीं पड़ती।

शास्त्रीजी ने नौकर को पान और मिठाई ले आने के लिए भेजा और स्वाभाविक बनावटी विनम्रता के साथ मित्रवर गदाधर से आगन्तुक अपरिचित महाशय का परिचय पूछने लगे। पं. गदाधरजी बड़े उदात्त कंठ से पं. रामखेलावनजी की प्रशंसा कर चले, पर किस अभिप्राय से वह गए थे, यह न कहा। कहा, "महाराज, आप एक अत्यन्त आवश्यक गृहधर्म से मुक्त होना चाहते हैं।"

पलकें मूँदते हुए, भावावेश में, शास्त्रीजी ने कहा, "काशी तो मुक्ति के लिए प्रसिद्ध है।"

"हाँ, महाराज!" मित्र ने और आविष्ट होते हुए कहा, "वह छूट तो सबसे बड़ी मुक्ति है, पर यह साधारण मुक्ति ही है, जैसे बाबा विश्वनाथ

के परमसिद्ध भक्त स्वीकारमात्र से इस भव-बन्धन से मुक्ति दे सकते हैं," कहकर हाथ जोड़ दिये। पं. रामखेलावनजी ने भी साथ दिया।

हाँ, नहीं, कुछ न कहकर एकान्त धार्मिक दृष्टि को परम सिद्ध पं. गजानन्द शास्त्री पलकों के अन्दर करके बैठे रहे।

इसी समय नौकर पान और मिठाई ले आया। शास्त्रीजी ने खटाक से आँखें खोलकर देखा, नौकर को शुद्ध जल ले आने के लिए कहकर बड़ी नम्रता से पं. रामखेलावनजी को जलपान करने के लिए पूछा। पं. रामखेलावनजी दोनों हाथ उठाकर जीभ काटकर सिर हिलाते हुए बोले, "नहीं महाराज, नहीं, यह तो अधर्म है। चाहिए तो हमें कि आपकी सेवा करें, बल्कि आपके सेवा-सम्बन्ध में सदा के लिए..."

"अहाहा, क्या कही!—क्या कही!" कहकर, पूरा दोना उठाकर एक रसगुल्ला मुँह में छोड़ते हुए मित्र ने कहा, "बाबा विश्वनाथजी के वर से काशी का एक-एक बालक अन्तर्यामी होता है, फिर उनकी सभा के परिषद् शास्त्रीजी तो..."

शास्त्रीजी अभिन्न स्नेह की दृष्टि से प्रिय मित्र को देखते रहे। मित्र ने, स्वल्पकाल में रामभवन का प्रसिद्ध मिष्ठान्न उदरस्थ कर जलपान के पश्चात् मगही बीड़ों की एक नत्थी मुखव्यादान कर यथास्थान रखी। शास्त्रीजी विनयपूर्वक नमस्कार कर जीना तय करने को चले। उनके पीठ फेरने पर मित्र ने रामखेलावनजी को पंजा दिखाकर हिलाते हुए आश्वासन दिया। शास्त्रीजी के अदृश्य होने पर इशारे से पं. रामखेलावनजी को साथ लेकर वासस्थल की ओर प्रस्थान किया।

रामखेलावनजी के मौन पर शास्त्रीजी का पूरा-पूरा प्रभाव पड़ चुका था। कहा, "अब हमें इधर से जाने दीजिए; कल रुपये लेकर आएँगे। लेकिन इसी महीने विवाह हो जाएगा।"

"इसी महीने—इसी महीने," गम्भीर भाव से मित्र ने कहा, "जन्मपत्र

लड़की का लेते आइएगा। हाँ, एक बात और है। बाकी डेढ़ हजार में बारह सौ का जेवर होना चाहिए—नया। आइएगा, हम खरीदवा देंगे," दल्लाजी की सोचते हुए कहा, "आपको ठग लेना। आप इतना तो समझ गए होंगे कि इतने के बिना बनता नहीं, तीन सौ रुपये रह जाएँगे। खिलाने-पिलाने और परजों को देने को बहुत है। बल्कि कुछ बच जाएगा आपके पास। फिजूल खर्च हो, यह मैं नहीं चाहता। इसीलिए, ठोस-ठोस कामवाला खर्च कहा। अच्छा, नमस्कार!"

शास्त्रीजी का ब्याह हो गया। सुपर्णा पति के साथ है। शास्त्रीजी ब्याह करते-करते कोमल हो गए थे। नवीना सुपर्णा को यथाभ्यास सब प्रकार प्रीत रखने लगे।

बाग से लौटने पर सुपर्णा के हृदय में मोहन के लिए क्रोध पैदा हुआ। घरवालों ने सख्त निगरानी रखने के अलावा, डर के मारे उससे कुछ नहीं कहा। उसने भी विरोध किए बिना विवाह के बहाव में अपने को बहा दिया। मन में यह प्रतिहिंसा लिये हुए कि मोहन इस बहते में मिलेगा। और उसे हो सकेगा तो उचित शिक्षा देगी। शास्त्रीजी को एकान्त भक्त देखकर मन में मुस्कराई।

सुपर्णा का जीवन शास्त्रीजी के लिए भी जीवन सिद्ध हुआ। शास्त्रीजी अपना कारोबार बढ़ाने लगे। सुपर्णा को वैदक की अनूदित हिन्दी पुस्तकें देने लगे, नाड़ी-विचार चर्चा आदि करने लगे। उस आग में तृण की तरह जल-जलकर जो प्रकाश देखने लगे, वह मर्त्य में उन्हें दुर्लभ मालूम दिया। एक दिन श्रीमती गजानन्द शास्त्रिणी के नाम से स्त्रियों के लिए बिना फीसवाला रोग परीक्षणालय खोल दिया—इस विचार से कि दवा के दाम मिलेंगे, फिर प्रसिद्धि होने पर फीस भी मिलेगी।

लेकिन ध्यान से सुपर्णा के पढ़ने का कारण कुछ और है। शास्त्रीजी

अपनी मेज की सजावट तथा प्रतीक्षा करते रोगियों के समय काटने के विचार से 'तारा' के ग्राहक थे। एक दिन सुपर्णा 'तारा' के पन्ने उलटने लगी। मोहन की एक रचना छपी थी। यह उसकी पहली प्रकाशित कविता थी। विषय था—'व्यर्थ प्रणय'। बात बहुत कुछ मिलती थी। लेकिन कुछ निन्दा थी—जिस प्रेम से कवि स्वर्ग से गिरा जाता है—उसकी। काव्य की प्रेमिका का उसमें वही प्रेम दर्शाया गया था। सुपर्णा चौंकी। फिर संयत हुई और नियमित रूप से 'तारा' पढ़ने लगी।

एक साल बीत गया। अब सुपर्णा हिन्दी में मजे में लिख लेती है। मोहन से उसका हाड़-हाड़ जल रहा था। एक दिन उसने पातिव्रत्य पर एक लेख लिखा। आजकल के छायावाद के सम्बन्ध में भी पढ़ चुकी थी और बहुत कुछ अपने पति से सुन चुकी थी। काशी हिन्दी के सभी वादों की भूमि है। प्रसाद काशी के ही हैं। उनके युवक पाठक शिष्य अनेक शास्त्रियों को बना चुके हैं। पं. गजानन्द शास्त्री गंगा नहाते समय कई बार तर्क कर चुके हैं, उत्तर भी भिन्न मुनि के भिन्न मत की तरह अनेक मिल चुके हैं।

एक दिन शास्त्रीजी के पूछने पर एक ने कहा, "छायावाद का अर्थ है शिष्टतावाद; छायावादी का अर्थ है सुन्दर साफ वस्त्र और शिष्ट भाषा धारण करनेवाला; जो छायावादी है, वह सुवेश और मधुरभाषी है; जो छायावादी नहीं है, वह काशी के शास्त्रियों की तरह अँगोछा पहननेवाला है या नंगा है।"

दूसरे दिन दो थे। नहा रहे थे। शास्त्रीजी भी नहा रहे थे। "छायावाद क्या है?" शास्त्रीजी ने पूछा। उन्होंने शास्त्रीजी को गंगा में गहरे ले जाकर डुबाना शुरू किया, जब कई कुल्ले पानी पी गए, तब छोड़ा; शिथिल होकर शास्त्रीजी किनारे आए, तब लड़कों ने कहा, "यही है छायावाद!" फलतः शास्त्रीजी छायावाद और छायावादी से मौलिक घृणा करने लगे थे, और जिज्ञासु षोड्शी प्रिया को समझाते रहे कि छायावाद वह है, जिसमें कला

के साथ व्यभिचार किया जाता है तरह-तरह से।

आइडिया के रूप में, सुपर्णा-जैसी ओजस्विनी लेखिका के लिए इतना बहुत था। आदि से अन्त तक उसके लेख में प्राचीन पतिव्रतधर्म और नवीन छायावादी व्यभिचार प्रचारक के कंठ से बोल रहा था। शास्त्रीजी ने कई बार पढ़ा और पत्नी को सती समझकर मन-ही-मन प्रसन्न हुए। वह लेख सम्पादकजी के पास भेजा गया। सम्पादकजी लेखिका-मात्र को प्रोत्साहित करते हैं ताकि हिन्दी की मरुभूमि सरस होकर आबाद हो, इसलिए लेख या कविता के साथ चित्र भी छापते हैं। शास्त्रिणीजी को लिखा। प्रसिद्धि के विचार से शास्त्रीजी ने एक अच्छा-सा चित्र उतरवाकर भेज दिया। शास्त्रिणीजी का दिल बढ़ गया। साथ उपदेश देनेवाली प्रवृत्ति भी।

इसी समय देश में आन्दोलन शुरू हुआ। पिकेटिंग के लिए देवियों की आवश्यकता हुई—पुरुषों का साथ देने के लिए भी। शास्त्रिणीजी के मार्फत शास्त्रीजी का व्यवसाय अब तक भी न चमका था। शास्त्रीजी ने पिकेटिंग में जाने की आज्ञा दे दी। इसी समय महात्माजी बनारस होते हुए कहीं जा रहे थे, कुछ घंटों के लिए उतरे। शास्त्रीजी की सलाह से एक जेवर बेचकर, शास्त्रिणीजी ने दो सौ रुपये की थैली उन्हें भेंट की। तन, मन और धन से देश के लिए हुई उस सेवा का साधारण जनता पर असाधारण प्रभाव पड़ा। सब धन्य-धन्य कहने लगे। शास्त्रिणीजी पूरी तत्परता से पिकेटिंग करती रहीं। एक दिन पुलिस ने दूसरी स्त्रियों के साथ उन्हें भी लेकर एकान्त में, कुछ मील शहर से दूर, सन्ध्या समय, छोड़ दिया। वहाँ से उनका मायका नजदीक था। रास्ता जाना हुआ। लड़कपन में वहाँ तक वह खेलने जाती थीं। पैदल मायके चली गईं। दूसरी देवियों से नहीं कहा, इसलिए कि ले जाना होगा और सबके लिए वहाँ सुविधा न होगी। प्रातःकाल देवियों की गिनती में यह एक घटीं, संवादपत्रों ने हल्ला मचाया। ये तीन दिन बाद विश्राम लेकर मायके से लौटीं, और शोक-सन्तप्त पतिदेव को और उच्छृंखल रूप से

बड़बड़ाते हुए संवादपत्रों को शान्त किया—प्रतिवाद लिखा कि सम्पादकों को इस प्रकार अधीर नहीं होना चाहिए।

आन्दोलन के बाद इनकी प्रैक्टिस चमक गई। बड़ी देवियाँ आने लगीं। बुलावा भी होने लगा। चिकित्सा के साथ लेख लिखना भी जारी रहा। यह बिलकुल समय के साथ थीं। एक बार लिखा—'देश को छायावाद से जितना नुकसान पहुँचा है, उतना गुलामी से नहीं।' इनके विचारों का आदर नीम-राजनीतिज्ञों में क्रमशः जोर पकड़ता गया। प्रोग्रेसिव राइटर्स ने भी बधाइयाँ दीं और इनकी हिन्दी को आदर्श मानकर अपनी सभा में सम्मिलित होने के लिए पूछा। अस्तु शास्त्रिणीजी दिन-पर-दिन उन्नति करती गईं। इस समय नया चुनाव शुरू हुआ। राष्ट्रपति ने कांग्रेस को वोट देने के लिए आवाज उठाई। हर जिले से कांग्रेस उम्मीदवार खड़े हुए। देवियाँ भी। वे मर्दों के बराबर हैं। शास्त्रिणीजी भी जौनपुर से खड़ी होकर सफल हुईं। अब उनके सम्मान की सीमा न रही। एम.एल.ए. हैं। 'कौशल' में उनके निबन्ध प्रकाशित होते थे। लखनऊ आने पर 'कौशल' के प्रधान सम्पादक एक दिन उनसे मिले और 'कौशल' कार्यालय पधारने के लिए प्रार्थना की। शास्त्रिणीजी ने गर्वित स्वीकारोक्ति दी।

'कौशल'-कार्यालय सजाया गया। शास्त्रिणीजी पधारीं। मोहन एम.ए. होकर यहाँ सहकारी है, लेकिन लिखने में हिन्दी में अकेला। शास्त्रिणीजी ने देखा। मोहन ने उठकर नमस्कार किया। "आप यहाँ?" शास्त्रिणीजी ने प्रश्न किया।

"जी हाँ," मोहन ने नम्रता से उत्तर दिया, "यहाँ सहायक हूँ।"

शास्त्रिणीजी उद्धत भाव से हँसीं। उपदेश के स्वर में बोलीं, "आप गलत रास्ते पर थे!"

कला की रूपरेखा

[सत्य घटना]

प्रयाग में था, लूकरगंज में, पं. वाचस्पति पाठक के यहाँ। 'लीडर प्रेस' में 'निरुपमा' बेचने गया था। जाड़े के दिन, 1936 का प्रारम्भ। चाय पीने की लत है। चाय के साथ हिन्दू मिठाई, फल, टोस्ट वगैरह खाते हैं, मैं अंडे खाता हूँ—बायल्ड, हाफ-बायल्ड या पोच, समय रहा तो आमलेट; अंडे बतख के नहीं, मुर्गी के। पाठक की माँ मुर्गी का पर देख लें तो मकान छोड़ दें, लिहाजा सुबह उठकर स्टेशन जाता था, एक मुसलमान की दुकान में, पाठक देखते थे, मैं खाता-पीता था।

जाते-जाते रास्ते में बातचीत होती थी, तरह-तरह की। पाठक मुझसे ग्यारह-बारह साल छोटे हैं। इस समय, अट्ठाईस और चालीस की पटरी बैठ सकती है, उस समय जब पाठक पाँच के और मैं सत्रह का था, अवश्य कोई साम्य न रहा होगा। आज इंग्लैंड की निगाह में भारत जितना समझदार और शक्तिशाली है, मेरी निगाह में पाठक उतने भी न रहे होंगे; मैं 'जुही की कली' का कवि था और पाठक पहली किताब के पाठक। लेकिन पहले-पहल जब मेरी पाठक से मुलाकात हुई, काशी में—मैं तीस का और पाठक अठारह के, वह मेरे घनिष्ठ, कवि-प्रिय मित्र होकर मिले।

मेरी विशेषता मेरे काशी जाने से पहले पहुँच चुकी थी, इसलिए अपने एक मित्र के यहाँ, जिन्होंने एक वेश्या को पत्नी-रूप में रखकर सामाजिक श्रेय प्राप्त किया है—बड़े भगवद्-भक्त हैं, मुझे मछली पकवाकर खिलाई।

एक रोज जब लूकरगंज से हम लोग स्टेशन की तरफ चले, उन्होंने मुझसे पूछा, "कला क्या है?"

मैंने कहा, "कुछ नहीं।"

पाठक उड़ी निगाह से मुझे देखने लगे। मालूम नहीं, क्या सोचा। मुमकिन, जैसा सब सोचते हैं, उन्होंने भी सोचा हो।

मैंने फिर कहा, "जो अनन्त है, वह गिना नहीं जा सकता। इसलिए 'कुछ नहीं' कहा। इसका बड़ा अच्छा उदाहरण है। कला उसी तरह की सृष्टि है, जैसे आप सामने देखते हैं, बल्कि यही सृष्टि लिखने की कला की जमीन है। अनादिकाल से अब तक सृष्टि को गिनने की कोशिश जारी है, पर अभी तक यह गिनी नहीं जा सकी, अधिकांश में बाकी है। यह एक-एक सृष्टि एक-एक कला है। फलतः कला क्या है, यह बतलाना कठिन है। अद्वैतवाद में, सृष्टि के गिनने की असमर्थता के कारण, सृष्टि का अस्तित्व ही उड़ा दिया गया है। इसलिए कहा, कला कुछ नहीं है। कला के दो-चार, दो-चार सौ, दो-चार हजार, दो-चार लाख, दो-चार करोड़ रूप ही बतलाए जा सकते हैं। पर इससे कला पूरी-पूरी न बतलाई गई। पर एक बोध है, उसका स्पष्टीकरण किया जा सकता है, जैसे ब्रह्म के अलग-अलग रूपों की बात नहीं कही गई, केवल 'सच्चिदानन्द' कह दिया गया है। इसी को साहित्यिकों ने 'सत्य, शिव और सुन्दर' कहकर अपनाया है। बोध यह है, जैसी कला हो, उसके विकास-क्रम का वैसा ज्ञान। इसके लिए प्राचीन और नवीन परम्परा भी सहायक है और स्वजातीय और विजातीय ज्ञान के साथ मौलिक अनुभूति और प्रतिभा भी।"

फिर हिन्दी के भिन्न-भिन्न अंगों की बातचीत होती रही। हिन्दी-भाषियों

का मस्तिष्क दुर्बल है, रूढ़िग्रस्त होने के कारण वहाँ नवीन विचारधारा जल्द नहीं प्रवेश पाती, यद्यपि भारतीय समस्त साहित्य का इतिहास समस्त प्रकार की मौलिकता लिये हुए है। हिन्दी का समाज-संस्कार अनुरूप न होने के कारण उपन्यास उच्चता तक नहीं पहुँच रहे—बहुत जगह भविष्य-समाज की कल्पना कर लिखा जाता है। काव्य, कहानी, प्रबन्ध, नाटक—इन सबका लेखक जो मनुष्य है, वह अनेक रूपों में अभी विकसित नहीं हुआ, बड़ी कमजोरियाँ हैं, फलतः साहित्य अभी साहित्य नहीं हो सका। मैं कहता गया, ये सब नाई हैं अपनी बारात में ठाकुर बने हुए। कुछ नाम भी गिनाए, कलकत्ते से लाहौर तक। तब तक स्टेशन आ गया। मेरा मुसलमान दुकानदार आदर की दृष्टि से मुझे देखकर अंडे फोड़ने चला। अंडे उबाले हुए रखे थे; मैं बैठ गया, पाठक वहीं दो-चार कदम इधर-उधर टहलते रहे। कुछ और भी चाय पीनेवाले मुसलमान सज्जन थे।

एक दुबले-पतले प्रायः पचास साल के मुसलमान सज्जन गौर से मुझे देखते रहे। उनकी आँखों के आश्चर्य का मैं चुपचाप आनन्द लेता रहा। अन्त तक उनसे न रहा गया, पूछा, "जनाब पंजाबी हैं?"

मैंने सोचा, जितनी कम मेहनत हो, अच्छा है; कहा, "जी।"

उन्होंने पूछा, "कारोबार करते हैं?"

मैंने कहा, "जी।"

उन्होंने पूछा, "यहीं?"

मैंने कहा, "नहीं, लखनऊ में।"

मैं अंडेवाला प्लेट उठाकर काँटे से खाने लगा। प्रश्नकर्त्ता को अभी पूरी-पूरी दिलजमई न हुई थी।

पूछा, "काहे का कारोबार करते हैं?"

मैंने बिना विचार किए कह दिया, "रेशम का।"

ज्यों मुसलमान सज्जन का आश्चर्य बढ़ा, त्योंही मैंने भी सोचा,

'यार, पंजाब में रेशम की पैदावार कहाँ होती है, कारखाने कहाँ हैं, यह तो नहीं मालूम; उधर से पश्मीने आते हैं, जानता हूँ। पेशावर, काश्मीर वगैरह के पश्मीने मशहूर हैं।' बदलकर बोला, "लेकिन मैं स्विट्‌जरलैंड से रेशम मँगाता हूँ," कहकर मैं गम्भीर भाव से अंडे खाने लगा। सोचा, 'स्विट्‌जरलैंड एक सुन्दर देश है, वहाँ रेशम जरूर बनता होगा और न भी बनता हो तो क्या?—मियाँ खतव खाल से मालूम देते हैं, उन्होंने स्विट्‌जरलैंड का नाम पहले-पहल सुना है।'

"जनाब का इस्मशरीफ?"

एक बार इस 'इस्मशरीफ' शब्द से बड़ा धोखा खाया था; सोचा था, वह 'दौलतखाने' का पर्यायवाची है, लेकिन जैसा धोखा मैंने खाया, जवाब सुनकर वैसा ही पूछनेवाले ने। मेरे विशुद्ध संस्कृत में दिये स्थान-परिचय को उन्होंने नाम-परिचय समझा। तब मैं मेदिनीपुर में रहता था। जानता था, 'पुर' कहूँगा तो मेरी तरह ये संशय में न रहेंगे। कहा, "मेदिनीदल।" उन्होंने 'जुझारमल' की तरह का एक नाम यह भी होगा, सोच लिया।

इस बार जल्दी-जल्दी मुसलमानी नाम याद करने लगा तो एक भी नाम न आया। पेट में 'महम्मद-महम्मद' हो रहा था, लेकिन कहने की हिम्मत नहीं पड़ती थी। बंकिमचन्द्र की याद आई। उन्होंने अपने एक हिन्दू पात्र से 'महम्मद' के नाम एक प्रेम-पत्रिका शाही कैम्प में भिजवाई है, इस निश्चय से कि इस नाम का कोई सैनिक अवश्य होगा। वहाँ कई महम्मद निकले, एक-दूसरे से लड़ने लगे। नाम बताने में जरा भी देर शंका पैदा करती है। मुझे नाम तो न याद आया, पर समझ ने साथ न छोड़ा।—मुँह का अंडा निगला जा चुका था, पर मैं मुसलमान सज्जन की ओर मुँह किए विराट रूप से मुँह चलाए जा रहा था, सिर हिलाता हुआ उन्हें आश्वासन दे रहा था कि जरा देर ठहर जाइए। फिर भी नाम न आया। अन्त में बड़ी मुश्किल से एक शब्द याद आया। पर वैसा नाम मैंने स्वयम् कभी नहीं

सुना। उधर मियाँ का धैर्य छूट रहा था—मेरी पागुर बन्द नहीं हो रही थी।

मैंने कहा, "जनाब, मुझे वकूफ हुसेन कहते हैं।"

मियाँ उसे और मुलायम करके बोले, "उकूफ हुसैन?"

मैंने कहा, "जी।"

मियाँ बढ़े। मैंने चाय पीना शुरू किया। पाठक पीछे थे। शायद सामने से ज्यादा हँसी आती थी।

जब चाय पीकर दाम देकर चला, तब रास्ते में, पाठक ने मुझसे कहा, "आपने 'वकूफ' शब्द का एक अक्षर छोड़ क्यों दिया?"

मैंने बैसवाड़ी में कहा, "तुम थे, इसलिए।"

अभी हम लोगों ने स्टेशन का अहाता पार नहीं किया था। अहाते में मदरासियों का एक दल बैठा हुआ देख पड़ा। मैंने सोचा, शायद ये लोग कुम्भ नहाने आए थे। इतने ही में उनमें से एक आदमी, उम्र पैंतालीस के लगभग, भौंरे का रंग, खासा मोटा-तगड़ा, एक लँगोटी से किसी तरह लाज बचाए हुए, उतने जाड़े में नंगा बदन, दौड़ा हुआ मेरे पास आया और एक साँस में इतना कह गया कि मैं कुछ भी न समझा। मैंने फिर पूछा। टूटी-फूटी हिन्दी में पूरे उच्छ्वास में वह फिर कहने लगा। इस बार मतलब मेरी समझ में आया। वह यात्री है, मदरास का रहनेवाला, कुम्भ नहाने आया था, यहाँ चोर उसके कपड़े-लत्ते, माल-असबाब उठा ले गए, गठरियों में ही रुपये-पैसे थे, अब वह (अपने आदमियों के साथ) हर तरह लाचार है। दिन तो किसी तरह धूप खाकर, भीख माँगकर पार कर देता है, पर रात काटी नहीं कटती। जाड़ा लगता है। वह एक दृष्टि से मेरा मोटा खद्दर का चादरा देख रहा था। मैं विचार न कर सका, उतारकर दे दिया। वह मारे आनन्द के दौड़ा हुआ अपने साथियों के पास गया और इस महादान की तारीफ करने लगा—मेरी तरफ उँगली उठाकर बतलाता हुआ।

पाठक संसार के चक्रान्त की बातें सोच रहे थे—देश दुर्दशा-ग्रस्त है,

इसलिए कितने चक्कर रोज देशवासियों को खाने पड़ते हैं—कितने लोग उन्हें छलते रहते हैं—कितने प्रकार प्रचलित हैं। मुझसे बोले, "आखिर आपने अपना बतलाया नाम यहाँ सार्थक कर दिया न?—यह अभी दोपहर को, गुदड़ीबाजार में, चार आने में, यह चादरा बेचेगा।"

मैंने कहा, "धोखा भी हो सकता है और इसकी बात भी सच हो सकती है। वह मदरास से यह सोचकर चला नहीं होगा कि गुदड़ीबाजार में कपड़ा बेचेगा।"

पाठक अप्रसन्न होकर बोले, "मैं आपके देने का विरोध नहीं करता, लेकिन..."

मेरे पास कपड़े कम रहते हैं, कम थे, 'लेकिन' के बाद वह इसी भाव की पूर्ति करना चाहते थे, पर रुक गए।

हम लोग लूकरगंज आए। धीरे-धीरे दो महीने बीते। लखनऊ कांग्रेस के समय सत्ताईस मार्च को वह मेरे साथ लखनऊ आए और मेरे मकान में ठहरे। धीरे-धीरे कांग्रेस का समय आया। उनके दो मित्र, जो मेरे भी मित्र हैं, आकर ठहरे। जहाँ तक बिना टिकट के देखा जा सकता था, मैंने घूम-फिरकर कई रोज देखा। दो-तीन रुपये प्रदर्शनी देखने और महात्माजी के व्याख्यान सुनने में खर्च किए। प्रदर्शनी के कवि-सम्मेलन में नहीं जाता, यहाँ भी नहीं गया। जो कुछ हुआ, संवाद मालूम कर लिया। सब्जेक्ट-कमेटी की बैठकें देखने की इच्छा थी, पर वह दृश्य अप्सराओं के नृत्य देखने से भी महँगा था। पाठक बोले, "मेरा पास लेकर देख आइए।"

मैंने कहा, "वहाँ बहुत-से लोग होंगे, जो मुझे पहचानते होंगे। फिर प्रेस-रिपोर्टरों की जगह मुझे कोई अपने पास से भी कुछ देकर बैठने के लिए कहे तो मैं न बैठूँ।"

पाठक लड़ने लगे। बोले, "वह सबसे बढ़िया जगह होती है!"

कहा, "होगी। मैं न जाऊँगा।"

कांग्रेस शुरू हुई। पहले दिन मैं न गया। आगे भी जाने का विचार न था। कारण, प्रेस-रिपोर्टर की हैसियत से जाना मुझे पसन्द न था, और तीन दिन तक दाम खर्च कर जाने में अड़चन थी। प्रयाग से ढाई सौ रुपये ले आया था। प्रायः सब खर्च हो चुका था—कई महीने के बाकी मकान किराए और भोजन के खर्च में।

दूसरे दिन जब कांग्रेस की बैठक शुरू होने को हुई, मेरे मकान से लोग चलने को हुए तो मैं सोने का सुबीता करने लगा।

जो मारवाड़ी सज्जन आए हुए थे, उन्होंने कहा, "निरालाजी, मैं कई दिनों से देख रहा हूँ, आप सोते बहुत हैं।"

मैंने कहा, "हाँ, यह तो है, पर जब जागता हूँ, तब पन्द्रह-पन्द्रह रात लगातार नहीं सोता।"

मारवाड़ी सज्जन हँसे। बोले, "चलिए।"

मैं बड़े संकट में पड़ा। कैसे कहूँ, मेरे पास खर्च की कमी है। कहा, "कांग्रेस में बड़ी गरमी है।"

"हाँ, पर हवा अच्छी चलती है।" मारवाड़ी सज्जन बड़े मजेदार आदमी मालूम दिए। मैं उनके उत्तर पर मुस्करा रहा था, तब तक एक पच्चीस रुपये का टिकट निकालकर उन्होंने कहा, "यह टिकट आपके लिए है।"

मैं चला। मैं और मारवाड़ी सज्जन एक ही जगह पर थे। वह जगह कुछ ऊँची थी। कुछ दूर, पर बड़े-बड़े नेता और नेत्रियाँ। देखा, एक-एक छोटी मेज के पीछे प्रेस-रिपोर्टर बैठे थे। पं. दुलारेलाल भार्गव, ठाकुर श्रीनाथसिंह आदि-आदि परिचित-अपरिचित। श्रीमती कमला चट्टोपाध्याय को मैं गौर से देख रहा था। उन्हें पहले ही पहल देखा था। कभी-कभी श्रीमती सरोजिनी नायडू से बातें करती थीं, उठकर उनके पास जाकर। रह-रहकर उस समर्पण की याद आ रही थी, जो मिस्टर चट्टोपाध्याय ने

अपने एक अँगरेजी पद्य-संग्रह का किया है, इस तरह का—To K, the first sunshine of my life (मेरे जीवन की प्रथम सूर्य-किरण 'क' को)। फिर इस राजनीतिक जीवन के घोर परिवर्तन पर सोच रहा था, जहाँ दोनों एक-दूसरे के काव्य के विषय नहीं—जीवन के अन्तरंग नहीं, स्पर्द्धा के विषय हो गए हैं।

शाम को बाहर निकला। एकाएक एक ऊँची आवाज आई। देखा, एक स्वयंसेवक दौड़ा आ रहा है, स्वयंसेवक की वर्दी पहने हुए। मुझे देखकर दोनों हाथ उठाकर फिर उसने हर्षध्वनि की। मुझे ऐसा मालूम देने लगा, जैसे उसे स्वप्न में कभी देखा हो। मुझे पहचानता हुआ न जानकर उसने आनन्दपूर्ण लड़खड़ाती हिन्दी में कहा, "मैं वही हूँ, जिसे आपने चादरा दिया था।"

मुझे कला का जीवित रूप जैसे मिला। प्रसन्न आँखों से देखता हुआ मैं तत्काल कुछ कह न सका। संयत होकर बोला, "आप कांग्रेस में आ गए, अच्छा हुआ।"

उसने कहा, "फिर मैं वहाँ स्वयंसेवकों में भर्ती हो गया।"

प्रसन्न-चित्त बाहर निकलकर मन में मैंने कहा, 'पाठक मिलें तो बताऊँ, कैसे गुदड़ीबाजार में इसने चादरा बेचा।"

कई दिन हो गए। कांग्रेस खत्म हो गई। पाठक वगैरह चले गए। मैं शाम को कैसर बाग में टहल रहा था कि वह मनुष्य मेरी ओर तेज कदम आता देख पड़ा, मैं खड़ा हो गया। मेरे पास आकर उसने कहा, "अब गर्मी बहुत पड़ने लगी है। देश जाना चाहता हूँ। रेल का किराया कहाँ मिलेगा? पैदल जाना चाहता हूँ।"

मैंने बीच में बात काटकर कहा, "क्या कांग्रेस के लोग आपकी इतनी-सी मदद नहीं कर दे सकते?"

उसने कहा, "नहीं, कांग्रेस का यह नियम नहीं है। मैं मिला था। मुझे

यह उत्तर मिला है। खैर, मैं भीख माँगता-खाता पैदल चला जाऊँगा, पर..." (अपने) पैरों की ओर देखकर कहा, "गर्मी बहुत पड़ती है, पैर जल जाते हैं, अगर एक जोड़ी चप्पल आप ले दें।"

मुझ पर जैसे वज्रपात हुआ। मैं लज्जा से वहीं गड़ गया। मेरे पास तब केवल छः पैसे थे। इससे चप्पल नहीं लिये जा सकते। अपने चप्पल देखे, जीर्ण हो गए थे। लज्जित होकर कहा, "आप मुझे क्षमा करें, इस समय मेरे पास पैसे नहीं हैं।"

उसने वीर की तरह मुझे देखा। फिर बड़े भाई की तरह आशीर्वाद दिया और मुस्कराकर अमीनाबाद की ओर चला। मैं खड़ा-खड़ा उसे देखता रहा, जब तक वह दृष्टि से ओझल नहीं हो गया।

क्या देखा*

प्रेस की बगल में थाना है जहाँ शान्ति के ठेकेदार रहते हैं। हिन्दू-मुसलमानों की एकता के दृश्य कोई आँखें खोलकर देखना चाहे तो जब चाहे, हमारे पच्छिमवाले झरोखे से झाँककर देख ले। यह अनन्य प्रेम हम सुबह-शाम हमेशा देखा करते हैं। तारीफ तो यह कि वह प्रेम केवल मनुष्यों में नहीं, वहाँ के पशु-पक्षियों में भी है। हिन्दुओं के पालतू कुत्ते और मुसलमानों की मुर्गियाँ भी प्रेम करती हैं। उनका द्वेषभाव बिलकुल दूर हो गया है। वहीं पीपल के पेड़ के नीचे एक छोटे-से चबूतरे पर भगवान भूतनाथजी स्थापित हैं। चार चावल चढ़ाकर चक्रवर्ती बनने के अभिलाषी शिवजी के अनन्य भक्त हिन्दुओं में से हर एक चार-चार चावल तो जरूर चढ़ाता है और श्रद्धेय शिवजी को अपने पंजों में फाँसकर जैसे नीचेवाले पर ऊपरवाला हाथ हफ्ते के सवारी कसता है, मुर्गियाँ शिवजी पर चढ़ाए चावल चुगा करती हैं और मारे आनन्द के सिर उठाकर 'कूकड़ूँ-कूँ' की हर्षध्वनि से हिन्दुओं को चक्रवर्ती (चक्की में पिसनेवाला) बना देने के लिए खुदा से दुआ माँगती हैं।

---

* यह मेरी पहली कहानी है, 1923 ई. में 'मतवाला' के कई अंकों में निकली थी। यहाँ काट-छाँट के साथ दी गई है। —निराला

मुझे रात को नींद नहीं आई। सुबह को बिस्तर पर से उठकर चारपाई की बगल में मेज के सहारे बैठा हुआ आपबीती नई घटना पर बड़े गौर से विचार कर रहा था। वह घटना बड़ी लम्बी-चौड़ी थी और शृंगार से बीभत्स तक प्रायः सभी रस उसमें आ गए थे। सोचने लगा :

'उसका प्रेम सच्चा है या झूठा? उसने कहीं प्रेम की नकल तो नहीं की? परन्तु क्यों फिर उसने अपने पीछे मर मिटनेवाले—पसीने की जगह खून की नदियाँ बहानेवाले बड़े-बड़े करोड़पतियों को उस दिन टके-सा जवाब दे दिया? वे बेचारे अपना-सा मुँह लेकर लौट गए। अगर वह वेश्या है तो वह उसी की क्यों न हुई जिसके पास धन है? परन्तु यह किसी दुश्मन की कारस्तानी भी हो सकती है कि मुझे फँसाने के लिए उसने सधकर यह जाल रचा हो? लेकिन उसकी भरी हुई आवाज में बनावट नहीं थी—त्रियाचरित्र का स्वर नहीं बज रहा था। कुछ हो, मैंने जिस शान पर स्त्री का मुँह देखने से इनकार कर दिया, उसे अन्त तक जरूर निभाऊँगा। बुरा हो इस साहित्य-सौन्दर्य का जिसके फेर में पड़कर कवि सुन्दरलालजी के साथ मुझे वेश्यालय जाना पड़ा और सौन्दर्योपासना की प्रथम पूजा मैंने एक वेश्या के चरणों पर अर्पित की!'

इतने में 'कुकड़ूँ-कूँ' के कर्कश नाद ने कान ऐंठ-से दिये। चौंक पड़ा, विचार का सिलसिला टूट गया।

दस बजते-बजते सुन्दरलालजी की भेजी हुई एक चिट्ठी मिली। चिट्ठी उनका नौकर मेज पर रख गया था। मालूम हुआ कि चिट्ठी मेरी नहीं, उनकी है; कारण से मेरे पास भेजी गई है। पत्र की इबारत इस तरह है :

सुकुल की बीवी

13, न्यू स्ट्रीट, कलकत्ता
3.9.'23

'प्रिय सुन्दरजी,

आज शाम को आप अपने मित्र को लेकर जरूर आइए।

आपके मित्र, वही जो उस दिन बुध को आए थे। जियादा और क्या लिखूँ...

आपकी
हीरा'

बस, इतने ही से पत्र के बाहरी समाचार के सिवा उसका अन्दरूनी मतलब समझ में नहीं आया। सिर पर सन्देह का भूत सवार था ही, लगा विचार की सीधी-टेढ़ी गलियाँ झाँकने। मैंने लाख प्रयत्न किए, पर इस बागी से मेरी एक न चली, और चलती भी कैसे? सवार तो वही था न? मैं तो उस वक्त किराए का टट्टू ही बन रहा था। अगर सौन्दर्योपासना की शरण लेता और उस देवी की भेंट—घड़ीभर का मुजरा सुनना कबूल करता तो पहरों की उधेड़बुन में पड़ा अब तक हैरान न होता, पर इज्जत का खयाल अंगद की तरह पैर जमाए रास्ता रोके हुए था। हठी मन बार-बार कह उठता था, 'असम्भव क्यों है? सौन्दर्योपासना और ब्रह्मचर्य-पालन, दोनों एक साथ क्यों नहीं निभ सकते?' विरोधाभास कहता था, 'तो फिर चलो, सुनो मुजरा, डरते क्यों हो?—अनबूड़े बूड़े तिरे जे बूड़े सब अंग।' दुश्मनों की शिकायत का खयाल और महिलाओं की मर्यादा रखने की आदत पीछे हटाते थे तो साहित्य, संगीत, कला-कौशल, रूप-लावण्य, अंगों की चारुता और मनोभावों की विशदता, सौन्दर्य का सारा परिवार लालच में फँसाकर लगाम ढीली कर देता था और बढ़ने का इशारा करता था। इस मौके पर रामायण की अच्छी-अच्छी जितनी चौपाइयाँ याद थीं, घोख डालीं, पर

असर उनका कुछ न हुआ। संस्कार महाराज मन के चर्खे पर सूत-जैसा कात रहे थे, गुनगुनाहट की तरफ ध्यान नहीं दिया। अन्त को यही सूझा कि चलकर सुन्दरलालजी का सहारा माँगूँ, हाथ लगा देंगे तो बेड़ा पार हो जाएगा, नहीं तो डोंगी करवट है ही।

नंगे सिर क्वार की कड़ी धूप बरदाश्त करते हुए किसी तरह मैंने मील-भर रास्ता तय कर डाला। सुन्दरलालजी पुस्तकालय में बैठे हुए कुछ लिख रहे थे। मुझे देखते ही कलम रख दिया और मुस्कराते हुए कहा, "इतनी जल्दबाजी? अभी तो पूरे छह घंटे और इन्तजार करना है।"

"बात क्या है सुन्दरलालजी, मेरी कुछ समझ में नहीं आता!" मैं एक साँस में कह गया, "इससे मेरी ऐसी कोई जान-पहचान नहीं, क्यों वह इतना मेरे पीछे पड़ रही है? मुझे बचाइए।"

"अजी, वह बाघ है जो खा जाएगी? बुलाया है तो जरा देर मुजरा सुन लो। इससे चरित्र में धब्बा न लग जाएगा। यहाँ सभी ऐसा करते हैं और साहित्य-सेवा के लिए यह आवश्यक विषय है।"

"नहीं, आप मुझे उसके पंजे से बचाइए।"

"ढोंग न करो। न जाओ, बस। यों कालिदास से लेकर अब तक जितने अच्छे कवि हुए, सबके लिए, कहते हैं—जब साहित्य की बीमारी बढ़ी, दवा एक यही रही जिससे कुछ फायदा पहुँचा। कल के छोकरे हो, साहित्य का परिणाम बाद को समझोगे।"

कुछ उत्तर देना घाव को ताजा करना था। मैं लौट गया।

ठीक समय पर सुन्दरलाल हीरा के मकान पहुँच गए। बैठक में कई कुर्सियाँ रखी थीं, एक पर बैठ गए। बाँदी हीरा को खबर देने के लिए लचकती हुई दूसरे कमरे में गई। दीवार पर कई चित्र टँगे थे, प्रायः सभी हीरा के नाचते-

गाते समय के। एक चित्र मर्दाने वेश का भी। सुन्दरलाल नजर गड़ाए हुए उसे देखते और अपने नोट-बुक में कुछ नोट करते रहे। जान पड़ा, कविता के लिए सामग्री संग्रह कर रहे हैं।

बाँदी से आवश्यक बातें पूछकर हीरा बाहर बैठक में आई। सुन्दरलाल का आग्रह आँखों के रास्ते निकलकर हीरा के मुँह पर छा गया। लेकिन उसके वैमनस्य से टकराकर अलग हो गया। सुन्दरलाल के मन की कमनीय कल्पनाएँ अपनी-अपनी बारी से हीरा के स्वागत के लिए गईं, परन्तु जेठ के आगे अचानक पड़ी हुई बहू की भाँति लाज घूँघट में मुँह मूँदकर चली आई। सुन्दरलाल पतिंगे की तरह उस आग में जलना चाहते थे, पर शीशा लगा था, घुस न सकते थे।

हीरा तीन मिनट तक चुपचाप खड़ी रही, जैसे उनके वार झेलने के लिए पहले से तैयार होकर गई थी! समुद्र को इतना शान्त देखकर मल्लाह समझ गए कि जल्द तूफान उठनेवाला है। मेघों का गरजना बन्द हुआ, हवा धीमी पड़ी, सटे बादलों में पहले आसमान देखने का जरा-सा छेद नहीं रहा; लोग समझ गए, वर्षा जोरों की होगी।

"सुन्दरलालजी," इतना कहकर हीरा सँभल गई। भीतर का भाव शब्दों से बाहर हुआ चाहता था। उसे भाव पर अधिकार रखने की आदत थी। कितने मूर्खों को सहाने के नाम से सोहनी सुनाई और इनाम लिया। सहज स्वर से पूछा, "आपके मित्र नहीं आए?" आग्रह प्रकट हुआ, न लापरवाही। उसने सुन्दरलाल को जाँच करने का मौका भी नहीं दिया, झट पानदान से पान निकालकर पहले की तरह बनावटी भाव दिखलाते हुए, उनकी तरफ हाथ बढ़ाया। पान लेकर सुन्दरलाल अपने श्रेष्ठताभिमान में फूलकर बोले, "कहते थे, 'हम बदनामी से डरते हैं।' हम ऐसे मनुष्य को मनुष्य नहीं समझते—मामूली पढ़ा आदमी!"

हीरा की दृष्टि का सुन्दरलाल के अंगों में कड़ा पहरा था, जैसे झूठ

में सच की तलाश करना चाहती थी। उसने 'बदनामी' को ध्यान से सुना। फिर अनमनी हो गई, थोड़ी देर के लिए।

सुन्दरलाल : "गाना कब से होगा? अभी तो साजिन्दे भी नहीं आए!"

हीरा : "शायद आज गाना न होगा। साजिन्दे पुखराज के घर गए हैं। मेरी तबीयत अच्छी नहीं। आपके मित्र ऐसे हैं, मैं जानती तो हरगिज उन्हें न बुलाती। उस दिन कहीं से भटककर आ गए थे, जान पड़ता है। कहाँ रहते हैं?"

सुन्दरलाल : "यहीं, कलकत्ते में।"

हीरा : "तो वहीं रहते होंगे जहाँ कूड़ा फेंका जाता है!" कहकर हीरा मुस्कराई।

सुन्दरलाल : "नहीं, रहते तो बड़ी अच्छी जगह हैं, 3 ग्रे स्ट्रीट में। उनका स्वभाव ही ऐसा है।"

हीरा : "कह तो नहीं सकती, पर मेरी तबीयत आज अच्छी नहीं; लेटी थी, आपके आने से उठकर चली आई।"

सुन्दरलाल : "अच्छा-अच्छा, आप आराम कीजिए।"

सुन्दरलाल को विदा करने में हीरा की तरफ से कोई त्रुटि नहीं हो पाई। जब तक वे आँख की ओट नहीं हो गए, हीरा खिड़की के पास खड़ी रही। उनके चले जाने पर 3 ग्रेट स्ट्रीट लिख दिया।

एक अरसा गुजरा। सुन्दरलाल के मित्र बीमार पड़े थे। दो दिन से अच्छे हैं। पलँग पर बैठे विचार में गोते लगा रहे हैं :

'बीमारी के वक्त बुलाने पर भी सुन्दरलाल नहीं आए। नौकर जाता था तो बहाना बनाकर टाल देते थे। अगर नाराज हों तो वजह नहीं समझ में आती। टेढ़े पड़ने का कोई और कारण हो तो अच्छा हो लूँ, फिर पूछ लूँगा। अभिन्न-हृदय मित्र, दुःख के दिनों में मुँह फेर लें, चिन्ता की बात है। परन्तु

मेरी बीमारी के समय से रोज शाम को जो नौजवान सिक्ख अमरसिंह आता है, इरादे का पक्का और सच्चा मित्र जान पड़ता है। शाम को रोज डॉक्टर बुला लाता था, नुस्खा लेकर बाजार से दवा ले आता था, ठीक समय पर पिलाने के लिए नौकर को कितना समझाता था और बातचीत से मेरा दिल बहलाए रहता था—कितनी खबरें सुनाता था। जान पड़ता है, संवाद-पत्र बहुत पढ़ता है। शाम हो गई, आता होगा।'

मालिक की गम्भीर मुद्रा देखकर भजना को खबर देने की हिम्मत नहीं पड़ती थी। एक कदम बढ़ता था तो दस कदम बढ़ जाने के समय तक उसी जगह खड़ा मालिक का मुँह ताकता रहता था। दिल मजबूत करके कुछ बढ़ता था तो फिर ठिठककर ठहर जाता था। बाहर अमरसिंह आज्ञा की इतनी प्रतीक्षा नहीं कर सके। बारीक आवाज से जवाँमर्दी का नारा बुलन्द करते हुए बोले, "क्यों भजना, बाबूजी सोते हैं क्या? सोते हों तो खींच ले पकड़कर चद्दर। अभी आज पथ्य दिया गया और जरा देर नहीं बैठे कि हाजमा न बिगड़े, लेट गए।"

इस आवाज ने चिन्ता के द्वार की जंजीर इस जोर से खटखटाई कि चिन्ता देवी को कान के सूराख से बाहर निकलना पड़ा। चौंककर मालिक ने भजना की गजेन्द्रगति देखी, बिना पूछे नहीं रहा गया, "क्यों रे, पैर रखता है या जमीन नापता है? वह अगवानी की चाल कब से सीखी?"

भजना के मन में आया, कहे—'जब से आपको खयाली पुलाव पकाने का शौक हुआ,' लेकिन सभ्य समाज के शिष्टाचार-पालन का उसे कुछ अभ्यास पड़ गया था, इसलिए उजड्ड आजादी के अल्फाज थूक के घूँट के साथ उसे गले के नीचे उतारने पड़े।

उसने कहा, "अमरसिंहजी देर से खड़े हैं।"

"देर से? उन्हें अब रोकना नहीं।"

अमरसिंह सिक्ख तो हैं, पर कद के उतने लम्बे नहीं। इन्हें हिन्दुस्तान के दूसरे लोग तो नहीं, पर सिक्ख जरूर बौना कहेंगे। इनके कद की लम्बाई बालों ने ले ली है। अगर सिक्ख इनसे बालिस्त-भर ऊँचे निकलेंगे, तो इनके बाल अपनी बिरादरी में सानी नहीं रखते, कम-से-कम पूरे दो हाथ ज्यादा निकलेंगे। बहादुर नौजवान के बालों के बोझ से तकलीफ मिलती है या नहीं, इसकी मैंने तहकीकात नहीं की पर यह जरूर है कि बालों पर डटे रेशमी साफे के नीचे चाँद का टुकड़ा गोरा-गोरा मुखड़ा दबता नजर आता है। साफा क्या, पूरा थान लपेट लिया है। आते ही उन्होंने पूछा, "क्यों साहब, आप कैसे हैं?"

"अच्छा हूँ; आपको किन शब्दों में धन्यवाद दूँ? ऐसा शब्द नहीं मिलता जिससे कृतज्ञता प्रकट करूँ; आपने मुझे सदा के लिए मोल ले लिया।"

"रखिए तह कर। चार दिन में भूल जाइएगा। फिर ऐसे मुँह फेर लीजिएगा जैसे कभी की पहचान न रही हो! सच कहता हूँ, अपनी इतनी उम्र में दुनिया के बहुत रंग देख चुका। आप परमात्मा के कृतज्ञ हूजिए जिनकी कृपा से खड़े हुए।"

"परमात्मा के कृतज्ञ सभी हैं—भलाई में भी और बुराई में भी। सच पूछिए तो परमात्मा की दोहाई देना एक चाल हो गई है, जैसे तकियाकलाम होता है। परमात्मा को किसी ने देखा नहीं, सिर्फ सुना है; सुनते-सुनते लोग संस्कार की रस्सी में बँध गए हैं और बात-बात में परमात्मा की रट बाँधते हैं। मैं इसे ऐब समझता हूँ। यों, निर्विकार ईश्वर मानना पड़ता है, पर उसे किसी की बधाई की क्या अपेक्षा और गलतियों की क्या परवा? जहाँ भले-बुरे का प्रसंग है, वहाँ परमात्मा को घसीटना अन्याय है; भले और बुरे में किसी का हाथ है तो मनुष्य का, निन्दा और प्रशंसा का पात्र मनुष्य ही बनाया जा सकता है।"

"आप बड़े विद्वान जान पड़ते हैं। परमात्मा की बातचीत में दखल देना मेरे लिए मूर्खता का परदाफाश करना है; पर इसमें सन्देह नहीं कि आदमी आज जो कुछ कहता है, कल उससे बदल जाता है। क्या इस विषय को लेकर आपके दर्शनकारों ने बाल की खाल नहीं निकाली? लेकिन रहने दीजिए, आप बोलने लगते हैं तो घंटों दम नहीं लेते। अभी आप कमजोर हैं, दिमाग में गर्मी छा जाएगी। हाँ, उस दिन आपने क्या नाम बतलाया था?...भूल गया।"

"एक नाम भी आप बार-बार भूल जाते हैं।"

"नाम है या संस्कृत शब्दों की पँचलड़ी! इसलिए मैं अपने दिये नाम से आपको पुकारा करता हूँ।"

"आपका पँचलड़ी शब्द भी अच्छा रहा। जरा कुछ जनानापन आ गया है।"

"आपमें मर्दानापन भी है? जनानापन की गवाही तो आपकी शक्ल देती है। आपके नाम में जितना मर्दानापन है या कहिए, जैसा भारी-भरकम नाम है, वैसा ही जनानापन आपके चेहरे में लोगों को मिलता है।"

"आप नहीं समझे, इसे लावण्य कहते हैं।"

"लेकिन इसकी जरूरत तो स्त्रियों को होती है, मर्दों को तो जवाँमर्दी चाहिए।"

"जवाँमर्दी से आपका मतलब कसाइयों की-सी सूरत बना लेने से तो नहीं? अगर ऐसा है तो आप मतलब नहीं समझे। जिसके मन में जैसी भावनाएँ होती हैं, उसका रूप वैसा ही बन जाता है। अगर मेरे चेहरे पर कठोरता के चिह्न नहीं नजर आते तो समझना चाहिए, मैं मनुष्यता के बाधक विचार नहीं किया करता, बल्कि ऐसे विचार किया करता हूँ जिनका प्रकाश मेरे चेहरे पर रहता है।"

"अच्छा, अपना नाम बताने के साथ यह भी बताने की कृपा कीजिए

कि वे कैसी कमनीय कल्पनाएँ हैं जिनकी उधेड़बुन में आपने अपनी जनानी सूरत बना डाली?"

"मेरे पिता संस्कृत के भारी पंडित थे। उन्होंने मेरा नाम जानकीवल्लभशरण बिहारी रखा, पर लोग मुझे बिहारी ही कहते हैं।"

"आप हैं भी बिहारी।"

"हाँ, मुझे बिहारी होने का गर्व है, जैसे बंगालियों को बंगाली होने का, मद्रासियों को मद्रासी होने का..."

"अर्थात् विशेषता कुछ नहीं रही, जैसे किसी को कुछ होने का।"

"खैर, मैं देखता हूँ, हर मनुष्य में बल्कि हर जीव में प्रेम की धारा बहती है।"

"सो तो बहती है। आप देखते हैं, इतनी ज्यादती है या कहना चाहिए, आप बिहारी हैं इसलिए खास तौर से देखते हैं।"

"गम्भीर विषय में मजाक अच्छा नहीं। मैं उसी धारा में, उसी आनन्द में डूबा रहता हूँ।"

"मुझे विश्वास नहीं। मुझे जान पड़ता है, आप झूठ कह रहे हैं। आप उस सिद्धान्त की बात करते हैं जिसका प्रमाण आप नहीं दे सके।"

"क्यों, प्रमाण पर ही तो बहस छिड़ी, प्रमाण मुँह है।"

अमरसिंह ने मुस्कराकर आँखें फेर लीं। कहा, "इसका प्रमाण अपना मुँह नहीं हो सकता, दूसरे का हो सकता है।"

दोनों की मुस्कराती हुई आँखें एक हो गईं।

अमरसिंह ने कहा, "मैं आपको प्यारेलाल कहा करूँगा। बिहारी कहूँगा तो दूसरे फब्तियाँ कसेंगे।"

उसी समय मेज पर निगाह गई। एक नई पत्रिका दिखी। उठा ली। 'माधुरी' थी। अमरसिंह पन्ने उलटने लगे।

प्यारेलाल ने पूछा, " 'माधुरी' आपके यहाँ नहीं आती?"

"आती है।"

"फिर क्यों पन्ने उलट रहे हैं?"

"एक कविता निकली है, आपको दिखाने के लिए।"

"कौन-सी?"

"यह...यही तो एक कविता इस बार छपी है।"

"हाँ, बड़ी अच्छी है। मैं पढ़ चुका हूँ।" प्यारेलाल ने अमरसिंह की खोली कविता पर निगाह डालते हुए कहा।

"कविता वियोग-शृंगार पद है," अमरसिंह ने सीधे तौर से कहा।

"नहीं, मेरा खयाल है, कवयित्री के हृदय के भाव हैं, तभी इतनी चोट करते हैं।"

"मेरी तो ऐसे रोने-धोने से सहानुभूति नहीं होती।"

"पर चीज बहुत बढ़िया बन पड़ी है। भाव बहुत सही उतरा है। शब्द की कहीं कोई फाँस नहीं। मैं एक आलोचक की दृष्टि से कहता हूँ।"

"इस मामले में मेरे आलोचक की दृष्टि आप नहीं समझते।"

"आपको व्यंग्य पसन्द है?"

"पसन्द मुझे असल में सबकुछ है या कुछ नहीं। व्यंग्य पकड़ में आता भी है?"

"क्यों नहीं!"

"मैं तो देखता हूँ, नहीं आता।"

"यानी मैं व्यंग्य नहीं समझता?"

"यानी मुझे साफ-साफ कहना चाहिए कि आप सर्वज्ञ हैं।"

"नहीं, सर्वज्ञता की बात नहीं, पर भले-बुरे की पहचान हो जाती है। यह रचना प्रथम श्रेणी की है।"

"अच्छा, पत्रिका मुझे दीजिए, मैं अपने एक प्रोफेसर से पूछूँगा।"

"अभी तो आपने कहा था कि आपके पास पत्रिका आती है?"

"पर मैं साथ तो नहीं ले आया? यहाँ से चलते समय प्रोफेसर साहब से मिलता जाऊँगा।"

"अर्थात मेरी बात पर आपको विश्वास नहीं? आप क्या मालूम करना चाहते हैं—छन्द, रस, अलंकार, ध्वनि?"

"यानी आप खुद सबकुछ बतलाएँगे, पर पत्रिका नहीं देंगे।"

"अभी मैंने पूरी पढ़ी नहीं।"

"अच्छा, इसकी लेखिका हीरा कौन है?"

प्यारेलाल कसमसाए। अमरसिंह निगाह गड़ाए देखते रहे। कुछ देर बाद कहा, "अच्छा, पढ़ लीजिए, फिर ले जाऊँगा।"

प्यारेलाल अनमने थे। अमरसिंह बिदा हुए।

कई दिनों से प्यारेलाल अच्छे हैं। शाम को अमरसिंह आते हैं, गपशप करते हैं, चले जाते हैं। प्यारेलाल अमरसिंह की सेवा की जितनी तारीफ करते थे, आजकल उनकी भोली सूरत पर उतने ही ललच पड़े हैं। अमरसिंह का चेहरा उनके दिल की तसवीर से मिलता-जुलता है। पहले वे अमरसिंह की सेवा को जिस पवित्रता से देखते थे, अब चेहरे को उसी पवित्रता के विचार से देखते रहते हैं। उन्हें बड़ी तृप्ति मिलती है, एक प्रकार की शक्ति भी ऊपर को उठती हुई उन्हें ऊँचा उठा देती है। उन्हें यह मालूम नहीं हुआ कि इस तरह पवित्रता-दर्शन से कामना के चेहरे पर पड़ा नकाब उठता गया। वह कामना भयंकर न होकर भी भयंकर थी। उससे खतरे में पड़ने की सम्भावना थी। वह जानबूझकर आसक्ति से मित्रता थी। उससे ब्रह्मचर्य की जड़ भी कटती थी। पर प्यारेलाल यह नहीं समझ सके। वे रूप की लालसा, सौन्दर्य के मोह को साहित्य समझे, जिससे एक दुर्बल हृदय बाहर खिंचा आ रहा था, आँखों की राह से निकलकर एक अतृप्त अभिलाषा बाहर की वस्तु पर सिर पटक रही थी। जब दृष्टि सुन्दर से लिपटती है, तब

कुत्सित से हट जाती है—उसे अवज्ञा का धक्का मारती हुई। यही भ्रम है। प्यारेलाल यह नहीं समझे। वे अमरसिंह को जितनी देर के लिए आते थे, उतनी देर तक चाह-भरी दृष्टि से उन्हें देखते रहते थे—कभी आँखों की, कभी होंठों की, कभी हृदय में अमृत घोल देनेवाली बातचीत की और कभी प्रकृति के कोमल हाथों से सजाए उनके हर अंग से निकलते लावण्य की मन-ही-मन प्रशंसा करते थे।

कल शाम को अमरसिंह नहीं गए। न जाने का कोई कारण नहीं था। मित्रता गहरी थी। प्यारेलाल बैठे इन्तजार करते सोचते रहे, कहीं अटक गए होंगे, आते होंगे। पर दस बजे रात तक अमरसिंह नहीं गए। हताश होकर भोजन-पान करके प्यारेलाल लेटे। देर तक नींद नहीं आई।

सुबह को अखबारवाला 'दैनिक स्वतंत्र' दे गया। शुरूवाले पृष्ठ पर बड़े-बड़े अक्षरों में लिखा था :

ईडन गार्डन में हत्याकांड

'एक साथ दो खून!'

'मिस्टर हाग के कलेजे में छुरी भोंकी गई और हीरा के सिर में गोली लगी।'

'हीरा' नाम पढ़ते ही प्यारेलाल चौंक पड़े। बड़ी उत्सुकता मजमून पढ़ने की हुई। पढ़ने लगे। मजमून थोड़ा था। लिखा था :

'मिस्टर हाग ब्रौन एंड कम्पनी के मैनेजर थे और हीरा 13, न्यू स्ट्रीट कलकत्ता की प्रसिद्ध बाई। अब तक इतना ही पता चला है। खून क्यों हुआ, पुलिस इसकी तहकीकात कर रही है। स्त्री-पुरुष के खून में दोनों के चरित्र का अनुमान किया जाता

है। अनुमान से बलात्कार की गवाही मिलती है, क्योंकि हीरा के हाथ में छुरी थी। विपत्ति में पड़कर, जान पड़ता है, उसने छुरी चलाई। घायल होने पर, मरने से पहले, साहब ने फायर किया। तमंचा सात गोलियों का है। एक गोली छूटी, छह भरी हुई मिलीं।'

पढ़ने के साथ प्यारेलाल के सिर से पैर तक नस-नस में बिजली दौड़ने लगी। सँभलने की लाख कोशिशें कीं, पर एक न चली। समाचार की नींव पर मनगढ़न्त की तरह-तरह की दीवारें उठाते-ढहाते रहे। मुख पर भिन्न-भिन्न भाव की रेखा खिंचती रही पर कोई निश्चय नहीं होता था। उनके अपने एक भाव में मन बालक की तरह मचल रहा था। अन्तस्तल की व्यक्त और अव्यक्त, सुप्त और जाग्रत—सभी प्रकार की वृत्तियाँ हीरा की मृत्यु का विरोध कर रही थीं। उभड़ते उच्छ्‌वास में कोई उत्तर नहीं मिल रहा था। साहब के अत्याचार पर प्यारेलाल को विश्वास हो गया। उन्होंने निश्चय किया, हीरा निर्दोष थी। रह-रहकर हीरा के आचरण से उन्हें गौरव का अनुभव होता था।

इसी समय नौकर एक खत लेकर आया। प्यारेलाल पढ़ने लगे, लिखा था :

'पत्र पाते ही मिलो। कैसा ही काम हो, छोड़कर पत्रवाहक के साथ चले आओ। अधिक और क्या?...

तुम्हारा

अमरसिंह'

घोर घटाओं से घिरी अँधेरी रात में राह चलने के लिए चिट्ठी बिजली का काम कर गई। लेकिन उसका कौंधना बन्द होते ही पहले से चौगुना अँधेरा आँखों के आगे छा गया।

प्यारेलाल जिस सादे पहनावे से मकान में थे, उसी से चल पड़े। आगे-आगे पत्रवाहक, पीछे-पीछे प्यारेलाल। सड़कें और गलियाँ पार करते हुए न्यू स्ट्रीट पर पहुँचे। मोड़ पर न्यू स्ट्रीट पढ़कर प्यारेलाल एक दफा सन्नाटे में आ गए। फिर सँभलकर आगे बढ़े। फिर पत्रवाहक को हीरा के मकान के अन्दर जाते देखकर प्यारेलाल बड़े तअज्जुब में आए। कुछ समझ में नहीं आ रहा था। यंत्र की तरह पैर रखते गए। एक दासी ऊपर से नीचे उतरी और प्यारेलाल को साथ ले गई।

चारों ओर सन्नाटा है। कमरे में उदासी की स्याही-सी फिरी हुई है। कुल खिड़कियाँ बन्द हैं। सारी सजावट पर काली चादर का एक गिलाफ-सा पड़ा हुआ है। कोच पर एक युवक बैठा कुछ सोच रहा है।

प्यारेलाल कमरे में गए। सन्नाटे में प्यारेलाल की पिंडलियों में कँपकँपी छूट गई। देह में ऐसी जड़ता समाई कि चेहरा उतर गया। प्यारेलाल को युवक ने एक-दूसरे कोच पर बैठाया, फिर खुद भी बैठ गया।

प्यारेलाल : "अमरसिंह?"

अमरसिंह : "हाँ।"

रोते हुए अमरसिंह का गला बैठ गया था। आवाज भारी थी। इसी से शोक की सूचना मिलती थी। उनके दुःख से प्यारेलाल के हृदय में सहानुभूति नहीं आई। उन्हें सन्देह हुआ। हीरा की याद आई। कुछ देर सोचते रहे। साँस छोड़ते समय उनके विचार की समाप्ति हो गई या लड़ी टूट गई, हम नहीं कह सकते।

प्यारेलाल ने पूछा, "क्यों, अमरसिंह, आज अखबार में पढ़ा, हीरा का खून कैसे हुआ? और तुम भी यहाँ कैसे आए? क्या हीरा से पहले की कोई जान-पहचान थी?"

प्रश्नों में भाव-परीक्षा की तीव्र गति थी—पागल की नसों में बहती

रक्तधारा की तरह प्रबल। तट पर सिर पटकती तरंगों की तरह श्रोता के मन में सन्देह के धक्के लगते थे। अमरसिंह को समझते देर नहीं लगी। वे बोले, "प्यारेलाल! (शोक की स्याही पर थोड़ी देर के लिए आँखों के एक कोने से दूसरे तक लज्जा की लाल रेखा खिंच गई)—ऐसे प्रश्न से तुम्हारा मतलब?"

प्यारेलाल : (सन्देह की दृष्टि से देखते हुए) "मतलब कुछ नहीं, यों ही कुछ। क्या तुम्हें बताने में एतराज है?"

अमरसिंह : "अब जब वह है ही नहीं तब अकारण क्यों उसका प्रसंग उठाते हो?"

प्यारेलाल कुछ उत्तेजित हो गए। कहा, "कैसी मित्रता कि मैं तुमसे एक बात पूछूँ और तुम टालते जाओ!"

अमरसिंह : "अच्छे समय मित्रता की आड़ लेते हो। तुम्हारी-मेरी मित्रता से हीरा से सम्बन्ध? तुम्हारी मित्रता मुझसे या हीरा से थी?"

प्यारेलाल से कोई जवाब न दे आया।

अमरसिंह : "मैंने सिर्फ एक दृश्य दिखाने के लिए तुम्हें बुलाया था।"

प्यारेलाल : "तुम तो ऐसे बदले..."

अमरसिंह : "मैं जमाने से अलग नहीं। जमाना बदलता जाता है।"

प्यारेलाल : "अमरसिंह, तो क्या इस तरह मेरा अपमान करने के लिए मुझे बुलवाया था?"

अमरसिंह : "मेरी समझ में नहीं आता कि तुम्हारा अपमान कौन-सा हो गया," कहकर अमरसिंह मुस्कराए।

प्यारेलाल के सिर से पैरों तक आग लग गई। झुँझलाकर बोले, "किसका कहना आँख के सामने आया : विश्वस्तं नाति विश्वसेत्।"

अमरसिंह : "यह सहजोक्ति तुम मुझ पर क्यों लाद रहे हो? अच्छी तरह देखोगे तो अपने को इसका प्रमाण पाओगे।"

अमरसिंह मुस्कराए। मारे क्रोध के प्यारेलाल का चेहरा फिर लाल पड़ गया। गुस्से में आकर उठ पड़े और कहा, "अब मैं जाता हूँ। एक की जान गई और तुम्हें शर्म तो है नहीं, उसके घर पर बैठकर हँसी उड़ाते हो। तुम्हारी मित्रता का मुझे अब पता चला।"

अमरसिंह : "मैं तुम्हें धन्यवाद देता हूँ कि तुम बात के एक ही धनी निकले। क्यों साहब, उस दिन मैंने कहा था कि ये बातें भूल जाएँगी। मतलब निकलने के बाद लोग मुँह फेर लेते हैं।"

प्यारेलाल लज्जित हो गए। अमरसिंह ने हाथ पकड़कर उन्हें फिर बैठाला। आग्रह की कोमल दृष्टि मुख पर फेर दी। कुछ देर कमरे में सन्नाटा रहा। प्यारेलाल के हृदय में अमरसिंह और हीरा के नाम उठ-उठकर फिर खलबली मचाने लगे। एकाएक उत्तेजना बढ़ गई। प्यारेलाल ने अमरसिंह की कलाई पकड़ ली, परन्तु फिर न जाने क्या सोचकर छोड़ दी। आज ही प्यारेलाल को आग्रह की आन्तरिक पीड़ा का अनुभव हुआ था। पूछा, "अमरसिंह, तुम यहाँ कैसे आए? हीरा से क्या कोई पहले की जान-पहचान थी?"

अमरसिंह : "हाँ, थी।"

किसी ने प्यारेलाल का कलेजा पकड़कर मसल दिया।

प्यारेलाल : "कैसे हुई?"

अमरसिंह : "उस समय वह कानपुर में रहती थी।"

प्यारेलाल : "कानपुर में कहाँ?"

अमरसिंह : "मूलगंज में।"

प्यारेलाल : "क्या करती थी?"

प्यारेलाल की हालत ऐसी हो गई, जैसे कोई भूली बात याद कर रहे हों!

अमरसिंह : "करती क्या थी, पढ़ती-लिखती थी। इसकी एक छोटी

बहन थी शान्ता। पिता मालदार थे। कलकत्ते में भी कारोबार था। कुछ दिनों बाद पिता का देहान्त हो गया। माँ लड़कियों को कलकत्ते ले आईं। दोनों को गाना-बजाना भी सिखाने लगीं। रूप और सम्पत्ति—दोनों के लोभ में लोग इन्हें बरबाद करने की सोचने लगे। ये बड़े लोग ही थे, समाज में जिनकी इज्जत है। छोटे लोग इनके आज्ञाकारी थे। यहाँ का इतिहास संक्षेप में समाप्त करता हूँ। इनकी माँ की भी अकाल मृत्यु हुई। सम्पत्ति नष्ट हो गई। हीरा के लिए धनिकों के जाल बिछने लगे। मुसीबत-पर-मुसीबत का सामना उसे करना पड़ा। उसने अपनी इज्जत बचाई। पर रोटियों के सवाल से बचाव नहीं हुआ। उसने परवा नहीं की। गाना-बजाना जानती थी। नेक लड़की की तरह गाना गाकर रोटियाँ कमाने लगी। उसके बूढ़े उस्ताद उसके चरित्र के गवाह हैं और उसे मुसीबत के दिनों में राह दिखाते और बचाते भी रहे हैं। शान्ता की पढ़ाई जारी रही। वह बेथून कॉलेज की छात्रा थी।"

अमरसिंह का गला भर आया। आँखों से आँसू टपकने लगे।

प्यारेलाल कुछ समझ नहीं सके कि शान्ता के प्रसंग से अमरसिंह रोने क्यों लगे। पूछा, "छात्रा थी तो क्या अब पढ़ना छोड़ दिया है? बहन की इस घटना में उसे बड़ी चोट पहुँची होगी। क्या उसे मैं देख सकता हूँ?"

"नहीं।" आँसू पोंछते हुए अमरसिंह ने कहा, "आपको कुछ देर बाद सही हाल मालूम हो जाएँगे। मैंने एक पत्र आपके लिए लिख रखा है। अपने डेरे चलकर पढ़िएगा और मेरी आज की अस्वाभाविकता के लिए क्षमा कीजिएगा," यह कहकर अमरसिंह ने एक पत्र प्यारेलाल को दिया।

पत्र पढ़ने की उत्सुकता से प्यारेलाल जल्द-जल्द विदा हुए। अपने डेरे पहुँचने से पहले ही खोलकर पढ़ने लगे। लिखा था :

'प्यारेलाल,

मैं अपने को कृतार्थ समझती हूँ कि तुम मुझे चाहते हो। यहाँ तुम जिस अमरसिंह से मिले, वह मैं हूँ। वहाँ तुमसे जो अमरसिंह मिलते थे, वह शान्ता थी। दम निकलते समय शान्ता ने घर के पते के साथ मेरा नाम कहा था। मतलब वह मेरे मकान में रहती है। आगे अपना नाम और बाकी बातें कह नहीं सकी। बोल बन्द हो गया। संवाद-पत्र की खबर के बाद मुझे देखकर तुम चौंकोगे, सन्देह करोगे, इसलिए दुःख से मुझे अमरसिंह के कपड़े पहनने पड़े। कल संवाद-पत्र में सही खबर छप जाएगी।

तुम्हारी

हीरा'

✪✪✪